HEINZ LEMMERMANN · Dirk Donnerslag, Moin-Moin!

HEINZ LEMMERMANN

Dirk Donnerslag
Moin-Moin!

Glossen, Döntjes, dit un dat

CARL SCHÜNEMANN VERLAG
BREMEN

CIP-Kurztitelaufnahme der Deutschen Bibliothek

Lemmermann, Heinz:
Dirk Donnerslag, moin - moin!: Glossen, Döntjes, dit un dat / Heinz Lemmermann. - Bremen: Schünemann, 1986.
ISBN 3-7961-1776-7

1. Auflage - 1.-10. Tausend

Umschlaggestaltung Hans Eisermann, Bremen
Foto Vorderseite: Foto Design Czysty, Bremen
Foto Rückseite: Foto Bredthauer, Bremen
Fotos Innenteil: Bodo Aretz, Lilienthal und Foto Design Czysty, Bremen
Bindearbeiten Bernhard Gehring, Bielefeld
Printed in Germany 1986
ISBN 3 7961 1776 7

Wat in dit Book steiht: *Up Siete:*

Een Woort vörweg 9

De Bremer Kaffeepott
Hooge Politik –
oder „Über allen Gipfeln ist Ruh“ 13
Dirk Donnerslag schuddelt den Kopp 16

De Bremer Kaffeepott
Wahlprognosen 17
Dirk Donnerslag:
„Rin in de Katüffeln – rut ut de Katüffeln“ 20

De Bremer Kaffeepott
„Ich wollt', ich wär ein Huhn . . . ?“ 21
Spoß in de Landwirtschaft 24

De Bremer Kaffeepott
De Wersertunnel 25

Lür Lachmund un sien Lene
Vörkiemt 28
Twee Glatzköpp 28
Dat Arvdeel 29
Wat kann dat Swien dorför? 29
Himmel un Höll 30

Lür Lachmund sien Snacks 31

De Bremer Kaffeepott
Kalwer-Geburtsdag 32

Dirk un Dortschen
Wilhelm Busch un Gotts Woort 36
Geld utgäben 36
Fleegen fangen 37
As'n Blitz 37
Anstandsregeln 38
Dat Fröhstücksei 40
Dortschen ehr Eierklock 40
De rechte Andacht 41

Dirk Donnerslag un de Pastoorn 42
Eten un Drinken holt Liev un Seel tosomen . . . 43

De Bremer Kaffeepott
Grog an' Winterdag 46

Hinni Hitzkopp un Hermine
Dat geiht aalns 48
Vertürnt 48
Groode Witte - lüttje Gäle 49
Rosen för Hermine 49

Hinni Hitzkopp sien Snacks 50

De Bremer Kaffeepott
Werder -Werder -Werder! 51

De Bremer Kaffeepott
Boris Becker un Konsorten 55
Fuule un fliedige Lüd 59

De Bremer Kaffeepott
Dat Arbeitstempo 62

Ut oole Tieden

So 'n Swienkrom 65
Minschendokter un Veehdokter 65
De Giezhals 66
„Heil“ 67
„Wo liggt Grootdütschland?“ 67
Ewige Rauh 68

De Bremer Kaffeepott

Maientiet 69

Lütt Antrin

Tungenkniepers 72
Den Herrgott anropen 72
Adventstiet 73
Darteihn 73
De Mettschen 74

Von Sünn un Regen 77

De Bremer Kaffeepott

Urlaub up Juist 78

Dirk Donnerslag sien Werbesprüch 82

De Bremer Kaffeepott

Wetterpropheten 83

Een oolen Hochtietsspruch oder:
„10 Gebote für die Ehe“ 87

Von Froonslüd un Mannslüd 88

De Bremer Kaffeepott
Verrückte Tieden 90

Dirk Donnerslag lehrt plattdütsch 92
Dirk Donnerslag verklort us Fremdwöör 93

De Bremer Kaffeepott
Dezemberdag 95

De Bremer Kaffeepott
Wiehnachtsgedanken 97

Wat Heinz Lemmermann belevde
Wiehnachtsgeschenke 101
„Reponsieren“ 103
Dat is aalns relativ 104

Dirk Donnerslag un de neemoodsch Musik . . 106
Dirk Donnerslag sien Philosophie 107

Erklärung einiger plattdeutscher Wörter 111
Der Autor 118

Een Woort vörweg

Wüllt ji weten, woans dat to dit lütt Book komen is? Ik will dat geern vertellen. Dat liggt meist twee Johr trüch, dor dröp doch Karl-Heinz Calenberg von Radio Bremen den Dirk Donnerslag un sä to em: „Du kennst doch den Bremer Kaffeepott - unsre Morgensendung auf der Hansawelle?"
„Ober klor kenn ik den ‚Kaffeepott'", anter Dirk, „anners kunn ik jo gornich mit de Tiet gohn. Ssüh - us Opa sien Klock hangt in de Kök, un de vertütert sik Dag för Dag so 'n halwe Stünn, ok mol so 'n dreeviddel - un jedeen Morgen word de neet instellt: so as ji meent, wat de Klock woll wäsen kunn."
Dor sä Karl-Heinz Calenberg: „Dirk, du solltest beim Bremer Kaffeepott nicht nur die Uhr stellen - du solltest auch mal selbst ‚radio-aktiv' werden. Schau mal: ‚Kaffeepott' - das ist halb hochdeutsch: ‚Kaffee', und halb platt: ‚-pott'. Hochdeutsches haben wir in der Sendung genug - aber für's Plattdeutsche, da hast du uns grad noch gefehlt! Da könntest du mal richtig deine Meinung sagen, frei von der Leber weg; und Geschichten erzählen und deine Schnäcke machen."

Dor hett sik Dirk denn breet slon loten - worüm ok nich, hett he sik dacht, ik snack, as mi dat Muul wussen is.

Ssüh, so is dat komen, dat'n poormol in' Monat, morgens so gegen halbig neegen, de Radio-Lüd von' Bremer Kaffeepott bi Dirk Donnerslag in Düwelsdorp anropen doot. Denn kummt he ut'n Kohstall an't gnäterswarte Telephon, seggt sien Snacks un Sprickwöör her, un mokt sien Glossen öwer aal dat, wat dor afsunnerlichs passeert, in de groode Welt un in dat lüttje Dörp. Dor geiht dat denn üm hooge Politik un dolsackte Melkpries, üm Wind und Weer un den Wersertunnel, üm Urlaub un Wiehnachtsgeschenke, üm Werder un üm Boris Becker.

Achtersinnig is he un fiegeliensch dorto. Un denn vertellt he ok Smüstergeschichten von Hinni Hitzkopp un Hermine, von Lür Lachmund, sien' Unkel, un von Dortschen, sien' Froo.

„Dirk Donnerslag, Moin-Moin!", so geiht dat jümmer los. „Moin" - dat heet nich „Gooten Morgen" - dat heet: „Scheunen (moien) Dag ok!" - un dorum kann' dat ok den ganzen Dag öwer seggen. Wenn' Dirk Donnerslag frogen deit, worüm he jümmer tweemol „Moin" seggt, denn antert he: „Dubbelt holt bäter!" Un dor hett he jo recht.

Sien Fründ Bodo Aretz, de hett em mit sien' Photokasten mol to foten kreegen, un so könt ji Dirk hier sehn: mit Piep un Messfork bi sien' Hus. He wull sik bannig freun, wenn ji em mol besöken dän. Denn wull he noch veel mehr vertell'n - un

Dortschen wull ju'n Bookwetenpankoken backen mit Bickbeern, dor löp ju dat Woter in' Mund tosomen. Un wenn ji weten wüllt, wo dat liggt, Düwelsdorp: dat is ganz eenfach to finnen - forns achter Zwetschenbüren liekut, könt ji gornich verpassen. Och so, ji weet ok nich, wo Zwetschenbüren liggt? Dat is ok eenfach to finnen: dat liggt just liekers vör Düwelsdorp . . .

Leendol-Trup (Lilienthal-Trupe),

Septemberdag 1986 Heinz Lemmermann

DE BREMER KAFFEEPOTT:

Hooge Politik - oder „Über allen Gipfeln ist Ruh ...“

(Telephon pingelt)

„Dirk Donnerslag, Moin-Moin!“

„Moin Dirk, is't bi ju ok all so koolt und liggt dor Snee?“

„Jo, ik hebb mi vormorgen all de Näs tweifrorn - kann gor nich so flink bewern as ik freern do - dat is'n jo in' Novemmer noch nich gewennt, nich? Ober de Snee, de deit us nix - de Buurnregel de heet:

Novemmersnee deit de Soot nich weh!“

„Segg mol, Dirk, hest du all mol wat von een Stadt hört, de Jenev heet?“

„Nee - ik weet woll, wat Genever is - dor kunn ik nu woll een von bruken - Genever - kumt de dor woll her, von Jenev?“

„Nä - ober Jenev, dat is dat französisch Woort för Genf in de Schweiz.“

„Ik weet: De Schweiz is jo international, de hebbt meist twee Nöms för een Stadt.
Ober nich bloß dor, Gert, wi sünd hier in' Noorn jo ok foken international - ssüh, wi seggt dat up platt: Auerk - un up hoch heet dat: Aurich; up platt Weyerbarg - up hoch heet dat Worpswede.

Un ik hebb hört, inne Schweiz hebbt se sogor mol dree Nöms för een Stadt. Up dütsch heet de Luzern, up franzöösch Losann un up italjeensch Lugano ..."

„Dor hest nu ober dree verschieden Städt to foten kregen, Dirk. Ober blievt wi mol bi Jenev, bi Genf. Wat holst du denn von' ‚Genfer Gipfel', von Gorbatschow un Reagan?"

„Oo, is jo man goot, dat sik de Böversten dor mol dropen hebbt - de Gorbatschow, de köm dor jo anwatschelt as so'n Bär, nich? Schaukel jümmer so von een Foot up'n anner - ober de hett jo all veel nodacht in sien Läben, de hett jo all gor keen Hoor mehr up'n Kopp vör luter Nodenken. Un de Reggen - de is jo jümmer an' Lachen, so ganz fiegeliensch, holt den Kopp so scheef, as wenn he just vertellen deit, wo he as Cowboy mit'n Lasso mol twee Büffel up'n mol infungen harr. Ssüh - wi wöt jo aal, dat dat keen Krieg mehr gifft. Jan Torf hett mol seggt: ‚Krieg is jümmer denn, wenn Mannslüd, de sik gor nich kennt, up'nanner scheeten doot, un dorto anstift weerd von Mannslüd, de sik bestens kennt, - ober nich up'nanner scheeten doot.' Is't nich so? Dor kannst lang' öwer nodenken!
Hett mi jo nu freut, dat de beiden nich bloß schafutert hebbt, man ok duchtig mit'nanner lacht. Lachen is jo beste Medizin. Man goot. Wo ik bloß bangen för bün:

Gorbatschow un Reggen, de komt beid' no Hus henn, un denn seggt dor bi jedeen soon Generol: Du schast den annern doch nich anlachen. Un denn fangt se up beid' Sieten an, woller de Raketens to tälln - und tällt bi den annern jümmer een Raketen mehr.

Donnerslag, segg ik, wenn de een to mi seggt: ik kann di negenmol dootscheeten, un de anner seggt: ik kann di teihnmol dootscheeten - denn segg ik: wenn du mi ok bloß eenmol dootscheeten kannst - dat is mi all just eenmol to veel, weeßt Bescheed?

Kiek mol, Goethe, de ol Dichtersmann, de hett dat jo all wußt; ik hebb den jo noch inne School lehrt:

‚Über allen Gipfeln ist Ruh,
in allen Wipfeln spürest
du kaum einen Hauch.'

Ssüh - dat wör jo slimm, wenn von dat Lachen up'n Gipfel ‚kaum ein Hauch' öwerblieben wull. De Reggen un de Gorbatschow un alle ehre gleunigen Generals, de schull'n dat mol bi Goethe noläsen:

‚Was soll all der Schmerz und Lust,
süßer Friede, komm in meine Brust.'

Gert, ik mutt de Keuh foorn, de bolkt all luter as aal de Generals tosomen. Moin-Moin."

Dirk Donnerslag schuddelt den Kopp

„Us Geweeten is rein,"
sä 'n de Politiker in Oost un West,
„wi hebbt dat jo noch gornich brukt";
dor geben se noch mehr Geld ut för de Rüstung.

Us Kalwer schüllt nu Botter fräten -
woanners hebbt se nix to eten!

Dag för Dag gäft se hunnertdusend Mark ut,
de Lebensmiddel to vernichten,
un Dag för Dag verhungert hunnert Kinner -
dat will in mienen Kopp nich rin!

DE BREMER KAFFEEPOTT:

Wahlprognosen

(Telephon pingelt)

„Dirk Donnerslag, Moin-Moin!“

„Moin Dirk, also der Wahlabend gestern war doch mindestens so spannend wie die Fußball-Weltmeisterschaft - sag mal: bist du denn überhaupt zur Wahl gegangen?“

„Dat bind ik di ok just up de Näs, du - dat is doch ‚geheim‘ - un wenn ik dat nu vertelln do, denn brek ik jo dat Wahlgeheimnis . . .“

„Also mir könntest du's doch wenigstens sagen - ich erzähl's auch nicht weiter.“

„Na goot - ik nähm dat jo ok mit de ‚geheime Wahl‘ nich so bannig genau as noch mien Tante Mogret vör veelen Johrn: As de to'n eersten Mol wählen droff, dor krüz se dor een' Kandidoten an - nehm den Wohlzeddel mit na Hus un steek em achter de Kommood. ‚Dat is doch'n geheime Wohl‘, sä se to ehrn Mann, ‚dat droff doch woll keeneen wäten, wen ik wählt heff!‘“

„Aber diese Zeiten sind doch wohl nun vorbei - heute ist doch wohl jeder aufgeklärt, wie das vor sich geht.“

„Ho - dor word noch mannigeen ungültige Stimm affgäben. Karl-Heinz - d a t ik richtig wählt heff, schast du ruhig wäten; ober wat ik wählt heff, dat worst du nich wies."

„Und was hältst du so von den Wahlprognosen, vorher und nachher?"

„Go mi an Land mi disse ‚demagogischen Institute' oder wo de Dingers heeten dot ..."

„Du meinst ‚demoskopische Institute'..."

„Mag woll. Vandog is dat jo aalns mit ‚Demo': Demokratie un Demonstratschoon - oder word dat mit ä schräben: Dämonstratschoon? - un denn de Demontage von de Landwirtschaft.
Us Buurn hebbt so jo jümmer bi'n Wickel, in Brüssel, in Bonn, in Hannover - vör de Wohl seggt se aaltohoop: Wi wöt de Buurn helpen, ober man noher hebbt se't aal vergeeten. Dat geiht jo naarns bunter to as in de Welt. Un denn gustern obend in't Fernsehn seggt de eenen: Wir haben gewonnen, aber nicht gesiegt. Un de annern: wir haben verlorn, abers doch gesiegt. So'n krusen Krom is dat inne Politik!"

„Aber Dirk, du wolltest noch etwas über Wahlprognosen sagen."

„Richtig! Dor word'n jo rammdösig von in' Kopp. De een, de seggt vörher: FDP rin in de Katüffeln; de anner: rut ut de Katüffeln. De een seggt: CDU gewinnt, de anner: SPD gewinnt, de dritte: beide gleichauf! De Prognosen seggt: de Lüd goht nich no'r Wohl hen as fröher - un denn goht se doch hen, Junge, Junge, dat geiht dor ‚wissenschaftlich' to, as Krut und Röben dörnanner. Un weeßt du, woan dat liggen deit?"

„Na, was meinst du?"

„Wiel dat de Lüd, de se befrogen doot, jem ok mol wat vörflunkert. Ssüh, bi mien' Unkel, Lür Lachmund, dor sünd se mit veer demagogische Institu . . . veer demoskopierte Institute wäsen. Jeden Dag 'n annert! Bi'n eersten Mol sä Lür: Ich hab mich über die CDU geärgert - ik wähl brummig de SPD! Annern Dag: Ich hab mich über die SPD geärgert - nu wähl ich doch CDU! Dritten Dag: Den Großen will ich mal eins auswischen - ik wähl de Grönen. Veerten Dag: ik hebb mi över alle argert - ik wähl gornich! Ssüh - un dat hett jedereen denn upschräwen un hochrekent. Ssüh - un dorum könt de Prognosen ok gornich stimmen un bringt bloß de Lüd dörnanner. Dat gifft bloß twee Prognosen, de jümmer stimmen doot."

„Und welche wären das?"

„Erstens: up mien Buddel Sluck, von den ik gustern obend probeert heff, dor steiht up: ‚32% Alkohol' - dat stimmt, dat kann ik smecken.
Twetens: de oole Buurnregel: ‚Wenn der Hahn kräht auf dem Mist, ändert sich das Wetter oder es bleibt, wie es ist.' Moin-Moin!"

Dirk Donnerslag: „Rin in de Katüffeln – rut ut de Katüffeln . . .“

Wat schüllt wi Buurn bloß moken? Eenmol hü un eenmol hott? Schlachtprämie? Milchquote? Güstern sä 'n de Politiker: Up de Buurn kummt dat an!

„Katüffeln, Melk un Tiern:
ji schüllt mehr produzier'n!
Katüffeln, Tiern und Melk:
dor brukt wi jümmer welk!“

Un vandog seggt de Politiker: Wat scheert mi mien Snack von güstern!

„Melk und Tiern, Katüffeln?
Nu möt wi ju mol rüffeln:
Katüffel, Melk un Tiern
schüllt ji nich produzier'n!“

Mark di dat man: Du kannst eder 'n Aal bi 'n Steert foten as 'n Politiker bi sien Woort.

DE BREMER KAFFEEPOTT:

„Ich wollt ich wär ein Huhn…?“

(Telephon pingelt)

„Dirk Donnerslag, Moin-Moin!“

„Moin Dirk. Na, alle Ostereier der letzten Woche in die Pfanne geschlagen und verdrückt?“

„Aalns ratzekahl wegputzt - kann ik di seggen. Jeden Dag so twee-dree Stück! Dat hett jo all de Willem Busch seggt:

‚Das weiß ein jeder, wer's auch sei:
gesund und stärkend ist das Ei!‘

Donnerslag! Un de Footballers von Werder, de hebbt jo letzten Freedag ok noch 'n Osterneest mokt für de Keerls ut Leverkusen un jem dor fiev Ostereier rinleggt, un de weern denn bloß för Werder ‚gesund und stärkend‘. De von Leverkusen sünd de nich bekomen - de hebbt nu Lever-Kusenkehlen. Un twee Eier hett dorbi de Burgsmüller woller leggt - du, weeßt du dat de nu 'n neen Verdrag kriegen schall, bitt 88?“

„Bis 1988?“

„Nee, bit he 88 Johr olt is - bi Burgsmüller is dat jo so: Je oller je doller.
Ober nu stott mi just mien Dortschen inne Rippen - ik schall nich jümmer von den Football rumtühnen - dor versteiht se nix von.

Ssüh - un nu kom ik lewer mol retur up de Eier. In de Europäischen Gemeinschaft in Brüssel, dor hebbt so jo all fiev Johr 'n Eierdanz upföhrt. Ober disse Dog nu is ‚Europa gerettettet!'

„Wie meinst du denn das?"

„De Agrarministers hebbt sik eenigt. Fief Johr hett dat duurt. Un nu hebb ik läsen: ‚Eine historische Stunde für die Gemeinschaft'."

„Und jetzt kommt der Zusammenschluß Europas, oder was?"

„Jo - de Eenigung is dor: öwer de ‚Mindest-Käfigfläche für Legehennen'."

„Donnerschlag! Das ist ja vielleicht ein Fortschritt. Und das schon nach 5 Jahren."

„Weeßt du doch - de Bürokraten arbeit flink as de Bessenbinners. Erforscht hebbt se in twee Johrn dat ‚psychosomatitische' - dat Woort krieg ik gor nich trecht - ‚psychosomatische Wohlbefinden' von de 230 Milljonen Höhners in de EG. Dor hebbt se denn woll de Höhners frogt: ‚Wat gefallt ju denn up best - Käfig so groot as twee Zigarrenkisten - oder gröter, as'n Schohkarton?' Un dor hebbt de Höhner jo woll seggt: ‚Denn man lewer as'n Schohkarton.' Un nu schött disse Höhnergefängnisse öwerall in de EG so groot wäsen as'n Schohkarton, von 1995 an. Kiek mol - nu hebb ik gustern bi us Nober ok mol de inspeert Höhner frogt, wat se wööt. Un weeßt, wat se mi vertellt hebbt? Se wüllt'n Andrag stellen un utwannern, no Griechenland. Dor könt se free rümlopen un in' Mess kleien un dörn Goarn pietzen. Se meenen, wat für de Minschen geiht, schull ok för de Tiern gelln: Freizügigkeit in der Europäischen Gemeinschaft. Un hebbt us Höhner dor nich recht? Eers wenn se ut'n Gefängnis rutkommt, denn hebbt se ok'n ‚psychosomatisches Wohlbefinden' – Nobers Höhner hebbt mi dat vertellt. Moin-Moin."

Spoß in de Landwirtschaft

Dat gifft Minschen, de hebbt so'n Glück:
de fallt inne Jauchekuhl'n,
klattert rut un rükt no Rosen!

Wat rükt as Kohschiet un sütt ok so ut? -
Ossenschiet!

Wat is schad?
Wenn de Koh in 't Woter schitt un de Buur den Mess nich kriggt!

„Wat is de Klock?", froog Hinni Hitzkopp sien' Hülpen, „könt wi all Middag moken?" - „Jo - dat geiht woll; dat is jo all achtunföftig Minuten vör twölf!"

DE BREMER KAFFEEPOTT:

De Wersertunnel

(Telephon pingelt)

„Dirk Donnerslag, Moin-Moin!“

„Moin Dirk - du büst jo so ut de Puste, wat is denn los?“

„Ik kann hier nich so ruhig den ganzen Morgen achtern Mikrofon sitten un klook snacken as du - de Beester wörn utbroken - un ik mit mien olen Knoken muß dor achterher as de Fottballers achtern Ball - un nu happach ik as’n olen Jagdhund, weeßt woll.“

„Hauptsok, du hest se woller infungen. Wat gifft sonst noch Nees vondag in Düwelsdorp?“

„Nees? Hier bi us in Neddersassen wüllt se duchtig Geld utgäben - 200 Milljonen - jowoll.“

„200 Milljonen? Woför denn?“

„För den neen Tunnel unner de Werser dör - von Dedesdorp no Esensham. Annerthalf Kilometer lang; in teihn Johrn schall de all fertig wesen. Tweespurig - oder bäter veerspurig, seggt de Grootspurigen . . .“

„Dat ok ji Buurn dor mit jur Treckers unner de Dampers dörjuckeln könt, nich?“

„To de eerste Fohrt denn, dor lod ik di in, Gert, kannst up af."

„Abgemacht!"

„Man bloß - dat ganze kost jo veel. Seggt all de Willem Busch:

‚Ach reines Glück genießt doch nie,
wer zahlen soll und weiß nicht wie.'

Dor mutt obern ole Froo langen för stricken, kann ik di seggen."

„Un dat heet doch jümmer, de Staatskassen weern ratzekahl leer, dat de Müüs dat Weenen kriegt."

„Sünd se jo ok. Un dorum hett jo ok mien Unkel, de Lür Lachmund ut Zwetschenbüren een Angebot mokt, dat he mit sien lüttje Firma den Tunnel ganz ganz prieswert boen wull: för eene eenzige Milljon!"

„Donnerslag, Dirk, dor hebbt se bi 'n ‚Landesamt för Straßenbau' ober woll keeken, wat? Hebbt se dat Angebot denn annohmen?"

„Dat is noch nich entschieden. Ober güstern weern dor twee Mann, so ganz hooge Tiern vonne Regierung, bi mien Unkel un wulln wäten, wo he dat mit den Tunnelboo denn anstell'n wull. ‚Tja', sä Lür Lachmund denn, ‚dat is doch ganz eenfach: Ik un mien dree Jungs sünd ganz fix bi 't Graben mit us

Schuppen. Ik un mien Ollst fangt hier in Dedesdorp an - un de beiden Jüngsten uppe anner Siet vonne Werser. Un denn so dropt wie us inne Midde - unner de Dampers!' Ober dor meenen de vonne Regierung: ,Ja, wenn ji nu ober de Richtung nich wohrt un ananner vörbigrooft, wat is denn?'
Dor sä Lür Lachmund ganz fiegeliensch: ,Denn hebbt ji jo twee Tunnels för datsulbe Geld - wat wüllt ji mehr?'"

„Dirk, denn könt wie bloß de Dumen holen, dat dien Unkel sien Vörslag dörkumt. Mehr Geld könt se in Hannover jo nich sporn. Un in teihn Johrn föhr ik denn tosom mit di dör den ,Lür-Lachmund-Tunnel' ünnere Werser dör - Moin-Moin!"

„Mokt wi - Moin Gert!"

LÜR LACHMUND UND SIEN LENE

Vörkiemt

Lür un Lene ehr Dochter weer just acht Weken verheirot, dor brocht se all'n lüttje Deern to'r Welt. De ole Oma Lachmund wull dat gornich in den Kopp: „Wo kann dat bloß angohn? De hebbt doch just erst heirot?" „Oma", sä Lür sien Lene, „du geihst nich mit de Tiet: dat is just so as bi us Katüffeln – de sünd doch ok jümmer all vörkiemt!"

Twee Glatzköpp

Dirk Donnerslag, de hett man wenig Hoor mehr up 'n Kopp; dor kann keen Lus ehr Neest in boon. Sien Unkel ober, Lür Lachmund, de hett gorkeen Hoor mehr up 'n Kopp; de kämmt sik all siet Johrn mit 'n Swamm.

Segg Dirk to sienen Unkel: „Dat mi de Hoor utfallen doot, dorför gifft dat jo 'n Grund: Ik heff in mien Leben to veel nodacht – ober dat du 'n Glatz hest – ik weet gornich, wo dat angohn kann." „Dat is ganz eenfach to verklorn", anter Lür Lachmund, „de Froonslüd hebbt mi öwer Johr un Dag man jümmer liekers öwer 'n Kopp strokelt un mi toflustert: ‚Dat hest du goot mokt, Lür; dat hest du goot mokt, Lür . . .'"

Dat Arvdeel

„Was du ererbt von deinen Vätern hast,
erwirb es, um es zu besitzen.“

Dat weer nich bloß de Wahlspruch von den oolen Goethe - den harr ok Lene Lachmund sik to Harten nohmen. As se jümmer woller Kusenkehlen kreeg, dor harr de Tähnbreker Mitleid un treck ehr een Tähn no'n anner rut, bit dor man twee gesunne öwerbleeben. Man dat Gebiß, dat se nu kregen harr, seet so verdwass in't Muul, dat Lene Last harr to snacken. „Worüm lest du die denn nich een moken, dat bäter passen deit?“ fröög ehr de Nobersche.

„Och, loot man“, meen Lene, „dree Weken hool ik dat woll ut, denn komt de letzten beiden ok rut - un denn paßt Opa sien Gebiß gewiß: dat is doch so'n scheunet Arvdeel . . .“

Wat kann dat Swien dorför?

„Wi schulln to us Silbern Hochtiet man' Swien slachten“, sä Lene Lachmund to ehrn Lür. „Worum dat denn?“ froog de Brögam, „dat arme Deert, dat kann doch nix dorför!“

Himmel un Höll

Lür Lachmund worr mol frogt, ob he no sienen Dood denn lewer in' Himmel wull oder lewer inne Höll. Dor hett us Lür ganz langen nodacht, un denn meen he man:
„Tja - von wegen dat Klima, dor wull ik woll lewer in' Himmel rin - man inne Höll, dor is dat interessanter - dor drop ik de lustigen Lüd - un ju aal tohoop ok!"

Lür Lachmund sien Snacks

Dor sünd ji ober to Knast gohn!
sä Lür Lachmund,
dor kreeg sien Swiegerdochter Drillinge

Vigelin späl'n kann ik ok,
bloß dat Fingereern verstoh ik man nich

De 'n grooten Mors hett,
mutt ok 'n groote Büx hebben

Mien Nober hett 'n Lock in' Strümp,
dor kann' Koh ut supen

Mien Nober mokt 'n Gesicht,
dor kann he Rotten un Müüs mit bang' moken

Een Kreih hackt de anner de Oogen nich ut

Wenn de Maschbuur keen Dieklasten harr,
kunn he mit 'n silbern Ploog plögen

Arvunkels un Arvtanten
sünd de lewsten Anverwandten

Nord, Süd, Ost, West:
to Hus is 't best

DE BREMER KAFFEEPOTT:

Kalwer-Geburtsdag

(Telephon pingelt)

„Dirk Donnerslag, Moin-Moin!"

„Moin Dirk, kommst du grad aus 'm Stall?"

„So is dat. Du meenst jo woll nich, ik keem all ut de Wirtschaft. Nee, ‚Wer leben will, der muß was tun', segg Willem Busch.
Ober du kannst groleern kannst du!"

„Gratulieren? Hast du etwa Geburtstag?"

„Ik nich, ober us Bullenkalf - gustern morgen geborn - von us swattbunte Berta, vörgestern eerst köfft!"

„Hättest du nun lieber 'n Kuhkalb gehabt?"

„Nee-nee-nee-nee! De Mannslüd bi de Kalwer weerd jo bäter betolt, just so as bi de Minschen ok. No acht Dog verköpen - so dreehunnert Mark bor uppe Hand - kriggst för 'n Kohkalf nich! Du, jümmer wenn so'n Kalf geborn word, mutt ik dor an denken: Wat sünd wi Minschen doch man bloß för afosige Kreaturen. Von wegen: wi un rund umto ‚höchst entwickelte Wesen'! Bit so'n Minschenskind uppe eegen Been stohn kann - dat duurt un dat duurt. Un so'n Kalf - swuppdiwupp - denn kann dat danzen as'n Tüt."

„Da hast du mal wieder recht - da muß man schon drüber staunen. Aber sag mal, du hast die Kuh erst vorgestern gekauft - da hast du ja Glück gehabt, daß sie gestern schon gekalbt hat."

„Donnerslag, dat is keen Glück! Dat is mi jo all prophezeit worrn."

„Wieso?"

„Vörgestern stünd'n Anzeige inne Zeitung:
'KUH ZU VERKAUFEN, DIE TÄGLICH KALBT.'

Dor hett Dortschen, wat mien Froo is, forns seggt: ‚Du Dirk - de Koh loot us köpen - un wenn se ok bloß jeden tweeten Dag kalben deit - dat is jümmer noch'n goot Geschäft.'
Du - un nu mutt ik hen - de Berta is uppe Deel an' Ramentern - dat schull mi nich wunnern, dat se vondag all woller an' Kalben is. Un laut Anzeige mutt se dat jo ok . . . sonst weer dat jo Betrug: ‚Kuh zu verkaufen, die täglich kalbt' - Moin-Moin."

„Dat is nich aalns Botter,
wat von de Koh kummt“,

segg Dirk Donnerslag,
dor pedd he inne Kohschiet

Wilhelm Busch un Gotts Woort

Jedeen Kind vandog kennt Wilhelm Busch. De ganze Welt lacht öwer „Max und Moritz“ un ehr Undöög. Man vör hunnert Johrn, Dirk sien Opa, de harr von em noch gornix höört und läsen.
Een's Dogs weer Opa Donnerslag mol von' Wogen fulln, harr sik 'n Been broken un muß' nu still in sien Butzen liggen. Dor besocht em ok de Herr Pastoor un bröcht 'n Book von Wilhelm Busch mit, dat Opa wat to kieken un to läsen harr. As Opa wedder uppe Been weer, bröcht he dat Book retur. De Pastoor, de froog em: „Hat's Ihnen denn gefallen?“
Dor keek Opa so'n bäten verlegen vör sik dol un meende: „Och, gewiß doch, Herr Pastoor. Ober wenn Se mi dat Book nich lehnt harrn un ik dorüm nich wäten dä, dat dat Gotts Woort is – ik harr woll bannig lachen müßt . . .“

Geld utgäben

Dirk seggt to sien Dortschen: „Donnerslag noch mol – jümmer giffst du mehr Geld ut, as ik verdeenen do – ik kann doch keen Dukaten schieten!“
Dor antert Dortschen:
„Ik meen dat jo man goot mit di! Ssüh – ik gäw jo

bloß dorüm mehr Geld ut, as du verdeenen deist, dat de Lüd denken schüllt, dat du mehr verdeenen deist, as ik utgäben do . . ."

Fleegen fangen

An' Sommerdag is dat so hitt - un denn kannst di vör Fleegen nich retten.
Dirk Donnerslag weer inne Middagstiet up'n Sofa man eben indusselt, dor keemen se all an un tarr'n em anne Näs un up den Fleegendanzplatz achtern up sien' Glatz. Ober Dirk, de kreeg dat sien Leben lang nich öwert Hart, so 'n Fleegen doottosloon - he füng jem enkelt in un sett jem ut 'n Finster. „Säben hebb ik vandog all to foten kregen", sä Dirk to sien Dortschen, „dree dorvon weern Mannslüd, veer dorvon weern Froonslüd . . ."
Dor wunner sik Dortschen un froog: „Wo kannst du sowat denn weten?" - „Ganz eenfach", sä Dirk, „dree seten up 'n Beerglass un veer vör 'n Spegel . . ."

As 'n Blitz

Dortschen sütt dat gornich geern, dat ehr Dirk von't Singen in sien' Gesangverein so loot no Hus kummt. De letzten Strophen von de Leeder sünd man jümmer Sluck un Beer. Annern Morgen is em brägenklöterig to Moot, un denn kann he nich ut de Feddern finnen. Eens Dogs sitt Dirk Donnerslag bi'n Fröhstück un sien Dortschen kukuluurt: „Hest di woll wedder de halwe Nacht üm de Ohrn sloon, wat?" „Ditmol nich", seggt Dirk un kickt ehr plietsch in de Oogen, „güstern obend bün ik as 'n Blitz no Hus komen, jowoll!" „So flink?" froogt Dortschen. „Nä - nich so flink - ober so zick-zack!" antert ehr Keerl.

Anstandsregeln

Jümmer, wenn bi Dirk Donnerslag een Fest fiert word, denn so liss he de Gäst dat vör, wat de Ur-Ur-Urgrootvadder von Friedrich-Wilhelm Paulsen ut Zäben (Zeven) för Anstandsregeln harr - un alle Gäst, de möt sik dorno richten:

DIE GÄSTE SEYND GEHALTEN, SICH GEGENSEYTIG EINES GESITTETEN UND WOHLANSTÄNDIGEN BENEHMENS ZU BEFLEYSSIGEN.
WER SOLCH GEBOT NICHT ACHTET, SEYNEN NACHBARN BEY TISCHE STOSSET UND BEDRAENGET, IHM SAFTIGE STÜCKLEIN WEGSTIBITZET UND SEYNEN WEIN AUSSUPFET, WER SEYNES NACHBARN GEWANDT BESPRITZET ODER SONSTWIE RUINIERET, EIN SOLCH TISCHGESELL SOLL GABEL UND HUMPEN VERWÜRKET HABEN.
SO UNTER DEN GÄSTEN EYN STREIT ENTBRENNT SOLLEN SIE NICHT JACH ZU STUHLBEYNEN, SCHEMELN ODER SONSTIGEM MORDSZEUG GREIFEN, VIELMEHR SOLL ALSSDANN JEDER MÄNNIGLICH SICH ALSO VERHALTEN, WIE ES EYNER WOHLACHTBAREN KUMPANEY EIGNET UND GEBÜHRET. SO EYNER DEN GUTEN GABEN NICHT WEYDLICH ZUSPRICHET, ERGO MUFFIG FRATZEN SCHNEYDET UND GAR TRUTZIG DREYNSCHAUET, DERSELBIGE SOLL AUF EYNER KUHHAUT AUS DEM SAALE GESCHLEYFET WERDEN.

Dat Fröhstücksei

„Wenn di dat Fröhstücksei to hart is“, segg Dirk to sien Dortschen, „- denn so pell doch eenfach des School af . . .“

Dortschen ehr Eierklock

Eens mondagsmorgens in’ Harvst keem de Pastoor no Dirk Donnerslag un wull Katüffeln köpen. As Dirk un he in de Stuben sitten güngen un’ Mund vull snacken wull’n, dor wunner sik de Gottesmann: Ut de Köken hör he ’n feine Stimmen, meist as so ’n Engelstungen, un de süng „Lobe den Herren“ dör alle Strophen. Dat weer Dirk sien Dortschen. Un eben weer disse Chorol to Ennen, dor keem de nächste all an de Reeg: „Ein feste Burg ist unser Gott.“ Ok dör alle Strophen. Dor worr den Pastoorn so richtig warm üm ’t Hart un he sä to Dirk: „Das freut mich aber sehr, daß schon am frühen Morgen Ihre liebe Frau zum Lobe Gottes singt - wie selten ist das doch in unserer Zeit!“
Dor verklor em Dirk, wat dat mit dat scheune Tiriliern up sik harr: „Tja, Herr Pastoor, jedeen morgen singt mien Dortschen, jümmer de sulben Leeder. De sünd as ’n Eierklock.“ „Das versteh ich nicht . . .“ „Is ganz eenfach, Herr Pastoor: Dortschen kokt de Eier för us Fröhstück. Twee för sik - twee för mi. Se mag se geern week; un no ‚Lobe

den Herrn‘, denn sünd se so wiet. Ik mag se geern hart: Dorüm singt Dortschen ‚Ein feste Burg‘ noch achteran . . .“

De rechte Andacht

„Herr Pastoor“, sä Dirk Donnerslag sien Dortschen, „Se snackt in ehr Predigten man jümmerto so fein verständlich un jümmerto up dütsch. Ober ehr Vörgänger - dat weer eerst ’n Prediger! Dor kunn’ ok Se noch wat von leern. De harr jümmerto latinsche un griechsche Snacks in sien Predigt - mannigmol sogar wat up he - brä - isch! Kunnst nix von verstohn - ober dorför kömen wi in de Kark denn doch ganz suutje so to ’n Nodenken un to de rechte Andacht, nich?“

Dirk Donnerslag un de Pastoorn

Auch im Hause Gottes
öfter mal was flottes,
sä de junge Pastoor,
dor leet he doch Schlagers inne Karken singen

Junge Pastoorn sünd jo wat helle
und fortschrittlich –
man mit de Tiet, denn dunkelt de no

Us Pastoor is as de leewe Gott:
sonndags kannst em nich begriepen
un inne Week is he nich to sehn

Us Pastoor mag doch woll recht hebben:
de Spott is den Düwel sien Angel

Eten un Drinken holt Liev un Seel tosomen

Speck un Broot
sleit 'n Hunger doot

Man mutt aalns eten lehrn,
sä Hinni Hitzkopp,
dor smer he sik Botter up 'n Pankoken

Lecker bün ik nich,
segg Dirk Donnerslag,
ober ik weet, wat goot smeckt

Dat Gesicht mag ik lieden,
sä Lür Lachmund,
dor keem de Swienskopp up 'n Disch

Wer Swien holt, hett Speck,
segg Hinni Hitzkopp,
wer Duben holt, hett Dreck

Fräten mokt Spoß,
segg Lür Lachmund,
un veel Fräten mokt veel Spoß

Wenn du mol inloden büst,
segg Dirk Donnerslag,
et langsom, ganz langsom,
du glöwst gornich, wat du denn aalns loten kannst

Dree Dinge kannst bi Disch verleern:
den Hunger,
den Dorst
un de Tiet

Wenn de Swien satt sünd,
denn stööt se den Trog üm

Ut anner Lüd Schöddeln smeckt' alltiet up best

Een bäten Sand schürt den Mogen rein

De keen Broot in 't Schapp hett,
mutt de Tähn' in de Wand slon

Wüllt hüt mol prassen,
sä de Snieder,
dor eet he 'n solten Hering

Bäter 'n drögen Knuust,
as 'ne leddige Fuust

Hunger mokt rohe Bohnen sööt

Wenn 't Bett wedder vörbikummt, spring ik rin,
sä Lür Lachmund,
dor keem he von een Hochtietsfier no Hus

Mien Froo kann mi nich utstohn,
wenn ik drunken heff,
sä Hinni Hitzkopp,
un ik kann ehr nich utstohn, wenn ik nochtern bün

Is de Koem in' Mann,
is de Verstand inne Kann

Brannwien is obends Gold un morgens Blee

Koffi un Leef smeckt hitt up best

Wullt du leben lang un gesund:
frät as 'n Katt, drink as 'n Hund

DE BREMER KAFFEEPOTT:

Grog an' Winterdag

(Telephon pingelt)

„Dirk Donnerslag, Moin-Moin!"

„Moin Dirk; dat is 'n strengen Winter dit Johr, nich?"

„Dat kannst woll seggen. Mi wunnert meist, dat von' Noordpool hier keen Iisbärn dör de Wischen treckt."

„Dirk - meistens hest du jo so'n Spruch von Wilhelm Busch up de Tung. Hüt morgen hebb ik een."

„Denn lot 'n mi hör'n."

„‚Man sagt, ein Schnäpschen, insofern es kräftig ist, hat jeder gern.'
Gellt dat ok för di bi disse Kulle?"

„De Willem Busch is jo 'n verdeubelten Keerl; jümmerto hett he den passenden Snack - jo, man to, so een' Koem kunn ik ok morgens all verdrägen, dat de Warmste von de Kehl bit to'n grooten Tohn hentitt. Man bloß: Wer to veel suppt, de läwt bloß half so lang, ober dorför sütt he denn jo aalns duppelt, nich? Ssüh - un dat will ik jo nu ok woller nich. Ober obends, so 'n scheunen stiefen Grog - dat is so recht no mien Mütz.

Mien Nober, Hinni Hitzkopp - du, dat mutt ik di vertell'n: Dor seten wi beiden güstern bi em inne Stuuv, un Hinni sä to sien Hermine: ‚Deern, mok us doch mol 'n Grog - ober jo nich so veel Woter - weeßt Bescheed?'
Un Hermine, de nöhm half Rum un half Woter. Un se frög denn: ‚Is he goot, de Grog?'; un Hinni sä: ‚Dat geiht so veel - ober mok den nächsten man 'n bäten mehr nördlich - weeßt Bescheed?'

Hermine, de nöhm nu dree Viddel Rum un bloß een Viddel Woter. Hinni, de smackmund un meen: ‚Hm hm - is jo all wat bäter - ober den nächsten man 'n bäten mehr nördlich - weeßt Bescheed?'
De drütte Grog harr reinen Rum un gor keen Woter mehr dorto. De güng mi dör dat ganze Ingeweide! Weeßt, wat Hinni sä? ‚De smeckt ganz goot - ober 'n bäten mehr nördlich kunn he noch wäsen . . .'
Gert, wenn du us beiden mol to 'n Grog inloden deist: nehm forns bloß Rum un gor keen Woter - un do up best noch 'n bäten Peper dorbi - eers denn will he för Hinni woll nördlich nuch wäsen. Moin-Moin!"

HINNI HITZKOPP UND HERMINE

Dat geiht aalns!

„Jümmer woller krieg ik to höörn: dit geiht nich - dat geiht nich. Is jo aalns Tühnkrom! Glööwt mi dat man: Dat geiht nich gifft nich! Dat eenzige, wat nich geiht, is Fingerhanschen öwer de Fuusthanschen trecken . . .“

Vertürnt

Harm Hilken un Hinni Hitzkopp harrn sik vertürnt un kunn un kunn den Striet nich begroben. Nich, dat se sik ut 'n Weg güngen, nä - ober wenn se sik dröpen, geef dat keen' Handslag un keen „Gooden Dag“.

Mol weern se mit anner Buurn in de Wirtschaft an' Tresen. Harm Hilken harr dat Leih ünnern Steert un vertell een' Döntje no 't anner. Aal wull'n se sik utschutten vör Lachen, bloß Hinni Hitzkopp mok 'n Gesicht, as wull he Rotten un Müüs bangen moken. Lür Lachmund, de fröög em: „Kannst du dor denn gornich öwer lachen?“ Dor anter Hinni Hitzkopp: „Dor mutt ik ok öwer lachen - ober eerst, wenn Harm ut de Döör rut is . . .“

Groode Witte - lüttje Gäle

„Wi Buurn weet aalns - Schoolmesters weet jümmer aalns bäter“, dat is Hinni Hitzkopp sien Snack. Mol weern so’n poor Schoolmesters in Hinni sien’ Goahrn ringohn un harrn dor Blomen afplückt, de se de Studenten wiesen dän un jem de latinschen Nomens bibrochten. Hinni keem dor up to un sä: „Ik glöw nich, dat ji Klookschieters aal de Blomen kennen doot!“ „Ja, kennt Se de denn?“ fröög dor een.
„Dor kannst ober up af!“ anter Hinni.
„Wo heet disse denn?“
„Disse? Dat is een von de grooden Witten . . .“
„Un disse?“
Hinni: „Ji weet ober ok gornix: dat is een von de lüttjen Gälen . . .“

Rosen för Hermine

Kummt doch Hinni Hitzkopp in’ Blomenloden un seggt: „Giff mi man gau mol twintig Rosen - ik bruk se för mien Froo Hermine.“ Dor keek doch de Verköpersche ganz plietsch in siene Oogen un meen: „Du muß jo bannig wat utfreten häbben!“

Hinni Hitzkopp sien Snacks

Wenn Hinni Hitzkopp mol in Brass is, denn fangt he an to schimpen: Ik gunn di, dat du aal dien Tähnen verleern deist – bit up een: dat du Kusenkehl 'n kriegen kannst . . .

De beste Krankheit docht nix

De Doktor is 'n Engel, wenn 'n em nödig hett,
un 'n Düwel, wenn 'n em betohlen schall

Wo de Lüd hebbt Striet,
is de Afkoot nich wiet

Dat löppt sik aalns trecht,
bloß keen scheewe Stäbeln

He fallt jümmer woller up de Fööt –
just so as de Katt

Je mehr du de Katt strokelst,
je höger höllt se den Steert

De glatten Katten goht nich achter de Ooken

Den Vogel, de morgens singt,
holt obends de Katt

DE BREMER KAFFEEPOTT:

Werder - Werder - Werder!

(Telephon pingelt)

„Dirk Donnerslag, Moin-Moin!“

„Moin Dirk. Also - wenn man dich wochenlang nicht zu sehen und zu hören bekommt, dann muß man schon ins Weserstadion spazieren. Da kriegt man dich endlich zu Gesicht und vor allem: zu Ohren. Du mit deiner Brüll-Stimme steckst doch selbst den Otto Rehhagel in den Sack.“

„Dat mag woll wäsen! Wenn' in sien' Leben all so mannig een Ossen up de Weid' dräben hett, denn so kummt 'n mit dat Rumbolken ok bi'n Football goot to schick.“

„Neben dir stand so ein ellenlanger Kerl, der immer den Kopf schüttelte. Den habe ich sonst noch nie gesehen; wer war denn das?“

„Dat weer Hinni Hitzkopp - mien Nober. Von den hebb ik di doch all foken vertellt. De hett noch nie so'n Footballspill sehn - un nu weer he doch neeschierig un wull mol mit. De versteiht jo man von Football so veel as de Keuh von't Klavierspälen. Un dor muß ik em aalns verklookfideln, weeßt Bescheed? Ober ‚Abseits‘ - dat kapiert de sien Levdag nich - dor is he nix bäter as de Schiedsrichters - de kriegt sowat jo ok nich mit. Hinni Hitzkopp fröög de Koh dat Kalf aff: ‚Wat is denn dat - Eckball? Ik dacht, de Ball weer rund!‘ - ‚Un nu seggst du: Möhlmann sleit eenen ‚langen Ball‘! Eben weer de noch eckig - nu is he lang? Dor word jo keeneen ut klook! Un nu segg dor een: ‚Sie rollen das Feld von hinten auf . . .‘ Hebbt de dor denn ’Teppich liggen?‘ - ‚Otten hat nur einen linken Fuß‘ - heet dat - un dor wunner ik mi denn, dat he ohn rechten Foot Football spälen droff . . .‘ ‚Hinni Hitzkopp‘, segg ik, ‚du hest jo recht - de Football-Sprook is doch ’n afosigen Jargong!‘“

„Das kann man wohl sagen, Dirk. Konnte denn Hinni Hitzkopp die Spieler unterscheiden?“

„Dat hebb ik em aalns verklort. He fröög denn: ‚Wer is de swarte Kruskopp dor mit de Knoopsoogen?‘ He meen den Pezzey. ‚Un wo heet de, de dor jümmer so lopen deit, as wenn he’n langet Lineol dolslukt hett?‘ Ik segg: dat is Neubarth - de is so lang, kunn bi dien Hus ut de Dackrinn supen! Un de Kutzop, de hett jo woll de Been so verdwass in’ Liev, dat jedeen Schuß üm de Eck neiht - dor kann sik jo keen Torwart up hebben.“

„Und Kutzop meinte wohl mit Wilhelm Busch: Dieses war der erste Streich, doch der zweite folgt sogleich. Zwei Tore in fünf Minuten!“

„Keerl, Keerl, du weeßt jo ok bi Willem Busch bestens Bescheed!
De anner Mannschaft füng dat Spill jo ganz swak an un löt denn stark no - un so baller Werder sik een Toor not' anner. Un Hinni un ik hebbt us ok een' ballert: bi jedeen Toor hebbt wi'n düchtigen Sluck ut usen Flachmann nohmen, dat harrn wi vörher afmokt. Bloß goot, dat Werder nich noch mehr Toore togangen kreeg: wi harrn jo all keenen Druppen mehr in' Buddel.
Un denn de Burgsmüller - je oller, je doller. Wenn disse Satan dree Ohr'n harr - de weer ok dör alle dree brennt. Donnerslag, is de mit 36 Johrn noch goot to Foot - un kriggt jem aal vernarrnt. Du kannst jo eder 'n Aal bi'n Steert fastholen as den Burgsmüller bi sien Trikot. Swuppdiwupp - is he weg!
Un denn fröög Hinni Hitzkopp mi: ‚Worüm hebbt de Völler un Burgsmüller denn so 'n Nachthemd an un keen Büx, is dat nee Mood?' Ik segg: dat is keen Nachthemd för oole Lüd - de hebbt man bloß keen goot Gummiband in ehr Büx - un dorüm hangt jem jümmer dat Hemd dor röwer. Werder fangt bi't Gummiband mit' Spoorn an!
Wenn' Footballspill ankieken will: dat is foken gornich so ungefährlich. Nülichs dor hett sik doch Jan-Hinnerk sien Hals utrenkt."

„Ein Jan-Hinnerk hat sich den Hals ausgerenkt? Wie kam denn das?"

„Donnerslag - hebb ik dat nich vertellt? Dat is de

Wirt von de ‚Bauerndiele' in Tarms (Tarmstedt), Jan-Hinnerk Jagels, de weer up'n Domshoff un wull sik up de groote Lienwand dat Hitchcock-Spill gegen Bayern ankieken. Is he ober nich to komen, as mannig anner ok: de Lienwand weer veel to deep instellt, un achtern kunn keeneen mehr wat sehn; dor hebbt se sik aal den Haals verrenkt un Jan-Hinnerk keem sik no 90 Minuten vör as so'n Giraffen in' Tierpark. Annern Morgen hett he nometen - sien Haals weer just seß Zentimeter länger worrn - un nu hett he dormit to doon, dat de Dokter em den Haals woller trechstukt, dat he nich jümmer mehr an de Döörn boben anstöten deit. Tja, wat de Minsch so bi'n Footballkieken för Opfer bringen mutt! Ober, wenn dat mol woller is: hangt doch de Lienwand dree Meter höger, denn könt se aal wat sehn - so eenfach ist dat."

„Dreimal hat Werder nun schon die Meisterschaft verpaßt - meinst du, daß die Bremer es beim vierten Mal schaffen?"

„Ik hebb disse Nacht wat drommt: In de Silvesternacht to dat Johr 2000 - dor dröp ik doch Burgsmüller un Rehhagel! (Burgsmüller weer all 50 Johr olt und späl jümmer noch.) Beide harr'n Sektglas in de Hand, un ik fröög jem: ‚Wo stööt ji denn up an?' Dor sä Rehhagel: ‚Dirk Donnerschlag, wir feiern Werders Jubiläum - wir wurden nun zum 15. Male Deutscher Vizemeister . . .'"
Ssüh - un so kann dat ok wol komen . . . Moin-Moin!"

DE BREMER KAFFEEPOTT:

Boris Becker un Konsorten

(Telephon pingelt)

„Dirk Donnerslag, Moin-Moin!“

„Moin Dirk, hast du am Wochenende B. B. und Co. bewundert?“

„Donnerslag - Karl-Heinz - du hest ok woll den modernen ‚A-kü-fi‘ - den ‚Abkürzungsfimmel‘, nich? B. B. - denn denk ik jümmer as in mien Jungkeerlstiet an Brigitt Bardot - disse gleunige Deern ut Frankriek. De is jo nu ok all wat aftokelt - so as ik.“

„Nur meine ich mit B. B. nicht deinen Jugendschwarm - sondern den B. B. von heute: Boris Becker.“

„Jo jo jo - wat fröher Brigitt Bardot för de Mannslüd weer, dat is vandog Boris Becker för de Froonslüd.
Beide hebbt se’n Aufschlag; un de sitt, segg ik di! Wat bi Brigitt Bardot de verdeubelte Oogenaufschlag weer, dat is bi Boris Becker nu sien Tungenaufschlag. Mußt dat mol sehn: Wenn he utholen deit to’n Aufschlag, denn sleit he ok noch mit de Tungen up. Denn springt he hooch as so’n Fohlen up de Weid, hollt den Kopp so’n bäten scheef un lickt sik mit de Tungen den Mundwinkel, as wenn

he dor jümmer noch so'n bäten Kompott von' Pankoken sitten hett."

> „Und glaub mir: dann schwärmen die Frauen und sind ‚ganz weg'!"

„Dor kannst up aff!
Foken geiht dat in' Tennis ok so flink. Kriggs gornich aalns mit, wat dor posseert. ‚Aufschlag' – un denn in een Törn Ritörns; un denn lopp de een un denn lopp de anner, un denn mokt de een 'n Lopp und denn mokt de anner'n Lopp – Donnerslag, de Reporter seggt: ‚Dreißig zu null' – ‚vierzig zu null' – so gau kann ik gornich bit veertig täl'n, as he! Man bloß, dat segg ik vörut: eens Dogs, denn geiht dat Tennis doran koputt – jedeen öwt den Aufschlag, bit he dusselig word in' Kopp: denn geiht dat Aufschlag – As, Aufschlag – As, Aufschlag – As – . Denn is dat jo keen Spill mehr. Man goot, dat' noch nich ganz so wiet is. Un den Becker un den Westfahl mokt dat Tennis jo woll noch Spoß – de könt jo aff un an noch lachen. Man goot. Mannigeen, de mit den Sport to doon hett, weet jo woll gor nich mehr, dat dat Woort ‚Sport' ut'n englischen kummt un egentlich nix anners heet as ‚Spoß'.
Jo, Spoß schall dat jo moken, ok wenn' verlorn hett. Ober: hett een all mol den Becker sien Manager Tiriac lachen sehn? Ik heff den all foftig mol bekieken kunnt. Boris hett in Wimbledon tweemol gewunnen – Tiriac kikt grantig, as wenn em de Petersiljen verhogelt sünd.

Boris mokt in 'ne Pressekonferenz 'n Witz - Tiriac kikt trorig, as wenn he von 'ne Beerdigung kummt. Boris sleit den Wilander - Tiriac kikt argwöhnsch, as wenn he in Monte Carlo Hus und Hoff verspält harr. Minsch - Tiriac, Willem Busch, de seggt:

‚Wer durch des Argwohns Brille schaut,
sieht Raupen selbst im Sauerkraut.'

Nu wüllt wi ober doch mol sehn, ob wi den Tiriac to Wiehnachten nich mol to'n Lachen kriegt. Wi - dat sünd mien Froo Dortschen und ik. Tiriac, de kriggt morgen so'n lütt Wiehnachtspäckchen von us. Un weet ji, wat dor binnen is? Een Wiehnachtsmann ut Koken, hett mien Dortschen güstern sülbens backt, extro för Tiriac. Ut een Sportzeitung hebbt wi Tiriac sien Photo utsneern un up den Wiehnachtsmann rupbackt . . . Ober sien Gesicht hebbt wie verännert: Den Bort, de bi em jümmer so trorig dolhangen deit, as bi'n Seehund, den hebbt wie no boben rokt, de steiht nu hoch; dat sütt villicht lustig ut.

Un den Mund, den hebbt wi 'n bäten open snäärn, dat he lachen deit. Un sien' Sorgenfalten, de hebbt wie so no'r Siet hen treckt, dat dat Lachfalten weerd. Un denn hebb ik för Tiriac mit Zuckerguß wat dorünner schräben, un dormit meen ik ok aal de annern, de den Sport bloß jümmer so gräsig grantig sehn doot:

Wenn Tiriac usen Wiehnachtsmann utpackt, kann he dat läsen:

‚Nu lach man mol an' Wiehnachtsdag,
dat wünscht sik dien Dirk Donnerslag.'

Jo, ober nu mutt ik in 'ne Köök. 'n goot Fröhstück is bäter as'n ganzen Dag nix. Un Dortschen, de backt just'n Pankoken. Se hett jo bi Boris Becker tokeken: De Pannen, dat is nu ehr Tennisschläger - wenn de Pankoken ferdig is, denn so smitt se'n in ne Luft un neiht em mit de Pann' up'n Disch, genau up'n Teller - een ‚Ritörn' is nich mehr möglich. Dat is'n As! Von dissen Aufschlag - dor kunn Boris Becker noch wat lehrn, glööw mi dat. Un wenn he den Pankoken probeern dä, denn so wull he sik noch öfters de Lippen lecken. Moin-Moin."

Fuule un fliedige Lüd

Arbeiten mokt Spoß,
segg Lür Lachmund,
man för Spoß bün ik nich to hebben

He löppt vör de Arbeit man duller weg
as vör 't Füür

Kööp di 'n Buck,
sä de Fuul,
den brukst nich to melken

Wo de Fuulen fegt, dor lacht de Ecken

Wat us Hahn is,
segg Hinni Hitzkopp,
de is so fuul –
wenn us Nobers Hahn des morgens kreiht,
denn nickoppt uus man bloß

Wenn de Arbeit ropen deit,
denn gifft dat veel sworhörig Minschen

Stöhnen is de halwe Arbeit

Groodet Muul
un bannig fuul

Riek un fuul sünd geern tosomen

He mag de Arbeit geern,
ober bloß von feern

Wann schall ik denn arbeiten,
segg dat Fuuljack,
in' Vörjohr is to veel Woter,
in' Harvst to veel Dreck,
in' Sommer ist' to hitt
un in' Winter to koolt

Fuule Lüd hebbt lange Doge

Wer lang slöppt
un flink löppt,
de kummt wieter noch as een,
de fröh upsteiht
un nix deit

De Kaptein segg to den jung Matroos:
Slopen schast du, wenn du doot büst,
eten, wenn du an Land büst,
arbeiten, wenn du an Boord büst

'n Froonsminsch' Hand treckt mehr
as 'n Achterreep

Wer Dag för Dag sien Arbeit deit
un jümmers uppen Posten steiht,
un deit dat goot un deit dat geern,
de schall sik ok mol amüseern

„Piep anstikken,
uppe Messfork lehnen
un in 't Wedder kieken",
segg Dirk Donnerslag,
„dat kann ik woll stunnenlang utholen."

DE BREMER KAFFEEPOTT:

Dat Arbeitstempo

(Telephon pingelt)

„Dirk Donnerslag, Moin-Moin!"

„Moin Dirk. 1. September - und der Sommer scheint vorbei. Du, ich hab' da einen Spruch gefunden bei einem Manne, denn du auch kennst:

Ach wie eilte so geschwinde
dieser Sommer durch die Welt . . ."

„. . . Herbstlich rauscht es in der Linde, ihre Blätter mit dem Winde . . . mit dem Winde . . ." (stockt)

„. . . wehen über's Stoppelfeld."

„Du seggst dat - un du kennst den Willem Busch jo woll bäter noch as ik."

„Besser vielleicht nicht - aber - ein bißchen schon. Du - wart ihr Bauern mit dem Sommer zufrieden? War er zu trokken - war er zu naß?"

„Hier bi us, wo de Bodden all so natt is, dor gellt de ole Spruch:

De Sünn hett noch keen' Buurn von' Hoff schient.

Wi wüllt tofreer wäsen - de Oarnt, de güng', ober de Priese, de Priese, de sünd man miese!
Un nu hebb ik to Harvst noch seß Morgen Röben un säben Morgen Katüffeln - un wiel ik nich de dümmste Buur bün, krieg ik ok nich de dicksten Katüffeln . . ."

„Du sagst: 6 Morgen Rüben. Wie kommt es eigentlich zu diesem merkwürdigen Namen: Morgen?"

„Wat wullt du morgens bloß all aalns wies weern! Nu wullt du morgens ok all wat öwern Morgen weten. Also: 'n Morgen Land, dat sünd 2500 Quadratmeter, een' viddel Hektor - un de Nom kümmt doher, dat 'n in oole Tieden just so veel an een' Morgen bearbeiten kunn, plöögen oder meihen. Vandog mit de Maschinens, dor hebbt wi jo 'n ganz annert Tempo."

„Aber das ist in anderen Berufen heut' ja auch so, das Tempo hat überall zugenommen."

„Monika, mutt ik di vertellen, wo dat mit de annern Berufe is - mit dat Arbeitstempo. Disse Doog, up'n Schoolhoff bi us, dor öwertrumpf doch een Jung den annern, as vertellt worr, wo flink de Vadders hüt bi de Arbeit sünd.
‚Mien Vadder', sä de Buurjung, ‚de meiht so 'n Morgen Koorn - swuppdiwupp - in een' Stünn.'
‚Dat is noch gornix', sä een' anner, ‚mien Vadder is Lastwogenfohrer - de juckelt no Hamborg, hen

un retur - swuppdiwupp - ok in een Stünn.' ‚Dat is noch gornix,' sä de drütte, ‚mien Vadder is Pilot - von Bremen no München, hen un retur - swuppdiwupp - ok in een' Stünn.' Dor sä de Letzte: ‚Dat is aalns noch gornix. Mien Vadder is 'n Beamten, de hett Klocke fief Fierobend, un de is - swuppdiwupp - jümmer all um veer to Hus.'
Wenn dat keen Tempo is . . . Moin-Moin!"

UT OOLE TIEDEN

So 'n Swienkrom

In oolen Tieden, as de Taschendöker noch nich in Mood weern, dor snöben de Lüd inne Fuust.
Metta ut Düwelsdorp keem von Bremen no Hus, schuddel den Kopp un schudder sik: „Wat is dat bloß för 'n gräsigen Swienkrom inne Stadt - de snuft sik dor de Nääs in so'n Dook - un dat nehmt se denn wahrhaftig ok noch mit no Hus! Is dat nich schannewert?"

Minschendokter un Veehdokter

Keen hett dat denn nu lichter: so'n Minschendokter oder so'n Veehdokter? Jedeen sütt dat anners. De Minschendokter von Düwelsdorp sä to sien' Fründ: „Du as Veehdokter hest dat veel lichter as ik: wenn dien Rezept nich helpen deit oder du die mol versüst - denn kummt de Notslachter un dor starvt man bloß 'n Stück Veeh . . ."
Dor schuddel de Veehdokter den Kopp un anter: „Du as Minschendokter hest dat veel lichter as ik; du frogst de Minschen: ‚Wat fehlt di denn?', un denn kriggst du 'n Antwoort. Wenn ik de Koh wat froog, denn seggt se ‚Muuh!'"
Nu weer de Veehdokter mol krank un leeg in' Bett un lamenteer. Dor keem de Minschendokter un

fröög sien' Fründ: „Wat hest du denn?" Dor sä de Veehdokter: „Muuh". De Minschendokter föhl em hier an't Lief un föhl em dor an't Lief - ober wies worr he nix. Un up jedeen Froog bolk de Veehdokter luthals „Muuh". Dor dreih sik de Minschendokter üm no den Veehdokter sien Froo un sä: „Ik schrief di hier 'n Rezept up. Wenn dat bit öwermorgen nich hulpen hett - denn is bäter, du seggst den Notslachter Bescheed . . ."

De Giezhals

Hemmann Gieschen ut Düwelsdorp weer'n Giezhals. „He lickt de Fleeg noch af, de inne Melk fullen is" - disse Spruch, de pass up em. He meen ober man: „Wenn ik nich so sporsom weer, güng mi dat nich so goot!" -

Dor worr vertellt, dat he sien Hochtietsreis no Helgoland alleen harr moken wullt - sien Gesche wull he to Hus loten. He räsonneer: „De is jo all mol up Helgoland wäsen - wat will de dor noch woller? Dat Geld kunnen wi spoarn . . ."

Dat ganze Dörp, dat hett sik wunnert, as Hemmann luthals prohlen dä, to Nobers Hochtiet wull he dat gröttste Geschenk moken. Un wahrhaftig ok - he öwertrumpf sien annern Nobers bannig! Fein inwickelt harr Hemmann sien Hochtietsgoof, de he dat Brutpoor öwergäben dä: „Jur een Nober hett ju Mess' un Gabels schunken - dat reckt för acht Mann hoch. Jur anner Nober hett ju een Servies schunken - dat reckt för twölf Mann hoch. Von mi kriegt ji das beste: een ‚Teesieb' - dat reckt för veertig Mann un mehr . . ."

„Heil"

Lür Lachmund sien Vadder harr mit Hitler un Konsorten nix in' Sinn. „De Goebbels", meen he, „de hett so 'n breet Muulwark - de kann usen Spargel quer eten. Un Hitler - de hett jo gnäterswarte Hoor un' Boort as Charly Chaplin - un de tütert wat rüm von den ‚nordischen Minschen'?" Man goot, dat dat nich de Verkehrten to höörn kreegen, anners weer he noch inspeert worrn.
Mol wunner sik de Pastoor, dat Lür Lachmunds Vadder bi jedeen Gelägenheit luthals „Heil Hitler" bolkte. „Ich dachte immer, Sie wären gar nicht ein so großer Freund des Führers?" - „Natürlich bün ik'n Fründ von em", anter Opa Lachmund, „‚Heil Hitler' kann ik jümmer ropen: den Keerl kann' doch gornich genooch ‚heilen' . . ."

„Wo liggt Grootdütschland?"

In de Hitler-Tiet keem Lür Lachmund sien Vadder mol no 'n Schoolmester un fröög em: „Du hest doch so 'n grooten Globus, wo aal de Länner von de Welt up sünd. Kannst du mi mol wiesen, wo ‚Grootdütschland' liggt?" - „Ober geern", sä de

Schoolmeester un hool de Globus her: „Kiek hier, disse lüttje roode Pleck - das ist ‚Großdeutschland‘!“ Vadder Lachmund wull dat gornich glöwen: „Grootdütschland - so’n lüttjen rooden Pleck bloß - segg mol: weet dat denn ok us Führer . . .?“

Ewige Rauh

In Zwetschenbüren, dor leeg de arme Hannes in’ Starben. He weer so swak as ’n leddigen Lufballon. Tietslebens harrn se em to jedeen Arbeit bruken kunnt; un utnutzt harrn em de Lüd ok alltohopen. Nu besocht em de Pastoor un vertell von de ewige Rauh, de he denn bald finnen kunn. Ober dor schuddel Hannes sienen olen griesen Kopp un meen man bloß: „Och nä, Herr Pastoor - ik krieg gewiß keen Rauh. Se schüllt mol sehn: Eben bün ik dor in’ Häben, denn kummt Petrus an un seggt:

Hannes, hang den Mond no buten!
Hannes, putz de Steern nu blank!
Hannes, loot de Blitze tucken!
Hannes, loot den Donner rullen!

Hannes hier - Hannes dor - nää, Herr Pastoor, glöwt Se mi dat man: ik krieg dor boben ok keen Rauh . . .“

DE BREMER KAFFEEPOTT:

Maientiet

„Also gestern noch ein herrlicher Maientag - und heute: urplötzlich ist ein Tief angesagt. Ich ruf mal Dirk Donnerslag an - die Landwirte wissen doch so am besten, wie's Wetter wird oder nicht wird."

(Telephon pingelt)

„Dirk Donnerslag, Moin-Moin!"

„Hier Monika Kluth, Moin Dirk!"

„Deern, dat freut mi ober bannig, dien Stimm to hörn. Weeßt du, du hest so'n Klang inne Stimm - mit so'n gleunigen ‚Obdumitmuß', - wat segg ik - ‚Op-ti-mis-mus' meen ik, jo.
Ik hebb so'n Nober, de hett mit di mol telefoniert, bi ‚Bremen 1 am Wochenend', Moonika, un weeßt, wat de seggt hett?"

„Na, was denn?"

„He hett seggt, de Monika Kluth, de hett'n Stimm as'n Lerken an' Morgen - dor kummt'n brummelig an't Telefon - un denn hörst den Vogel singen - un denn fluch di de Proppen ut de Seel, un du lachst öwert ganze Gesicht! So geiht mi dat hüt morgen ok! Glöw dat man.
Ober nu schall ik woll ‚radio-aktiv' weern, nicht?"

„Nicht ‚radio-aktiv', Dirk, aber ‚im Radio aktiv'. Als Landwirt verstehst du doch etwas vom Wetter. Daß es nun schon wieder regnet, ist garnicht mein Geschmack. Aber ich hab mal gehört, euch Bauern sei das recht. Heißt es nicht in der Wetterregel:
Mai kühl und naß
füllt dem Bauer Scheun und Faß?"

„Dor is wat an! De Mai mutt natt wäsen - wi seggt: dat is ‚wassen Weer' = Wetter zum Wachsen."

„Du hast den letzten Winter ja richtig vorausgesagt - und dein Tip für diesen Sommer?"

„De word meisttiets goot - kannst up af:
Grünt die Esche vor der Eiche,
gibt's im Sommer große Bleiche,
grünt die Eiche vor der Esche,
gibt's im Sommer große Wäsche.

Un dit Johr weer de ‚Esche vor der Eiche'!"

„Na, hoffen wir das Beste. Nun ist der Mai ja fast schon vorbei - gab's in diesem Monat denn etwas besonders Erfreuliches für dich - oder auch etwas besonders Unerfreuliches?"

„Besonners erfreulich - jo - dat weer dat Finanzamt, du! Dat is jo sonst so'n Verein, dor wull ik jo all jümmer utpedden! Dor schull ik betohlen noch un noch - segg jo all de Willem Busch:

‚Besonders tief und voll Empörung
fühlt man die pekuniäre Störung!‘

Un denn hett dat Finanzamt Mohnbreefe schrewen, een non anner. Ik hebb de jümmer liggen loten. Un nu in' Mai - dor hebbt se endlich Schluß mokt mit dat Mohnen."

„Wie denn das?"

„Dat Finanzamt schreew: ‚Letzte Mahnung‘ - ssüh, un dat is ok man goot - nu komt de nich woller. Un dor freu ik mi denn jo to. - Tja - un dat ‚unerfreuliche‘ - frogst du?
Dat is, dat mien Froo un mien Dochter in jeden Mai so'n besonnere Krankheit kriegt - een ganz böse Stoffwechselkrankheit, un de kummt mi dür to stohn!"

„Im Mai eine besondere Stoffwechselkrankheit? Davon hab ich noch nichts gehört. Bist du denn nicht in der Krankenkasse?"

„Nä-nä-nä - disse Stoffwechselkrankheit betohlt de man nich: De Froonslüd wüllt, wenn't warm word, jümmer nee Kleeder hebben - Stoff-Wechsel - seggt se dorto."

„Solang es keine schlimmere ist - diese ‚Krankheit‘, die gönn' ihnen doch! Moin Dirk!"

Tungenkniepers

Lütt Antrin frogt: Kannst du goot to Woort? Denn snack man dreemol achternanner dit:

Dree Teertünnen, dree Trantünnen

Hest dien Tungen jümmer noch nich tweibroken? Denn nu man forns achteran:

De Dackdecker deckt di dien Dack;
dank den Dackdecker, dat de dien Dack decken deit

Den Herrgott anropen

Lütt Antrin ehr Swester hett Hochtiet. In de Karken is dat bi de Predigt so liesen, kunnst 'n Sticknodel faaln hör'n. De Pastoor kummt to 'n Enn un bäärt luthaals de Lüd: „Und nun laßt uns alle miteinander unseren Herrgott anrufen!"
Dor dreiht Lütt Antrin sik üm, schuddelt den Kopp un seggt to ehr Mudder: „Den Herrgott anropen? Geiht jo gornich – in de Kark gifft' jo keen Telephon . . ."

Adventstiet

Wotoo de Adventstiet goot is, dat kunn Lütt Antrin so verkloren: „Ads - vents - tiet, dat heet jo: ads - wenn 'ts all Wiehnachten weer! Mit Brotappeln un Nööt un Marzipan - dor fiert wie all veer Weken in' vörut, dat wi us to'r rechten Tiet an aal de schönen Soken gewöhnen könt, de't to Wiehnachten gäben deit. Wenn wi nich in' Adsvents all fiern dän, denn wull an' Wiehnachtsobend sik us Mogen woll ümdreihn von all dat goote Eten . . ."

Darteihn

„Wat mien lüttje Dochter is", sä Lür Lachmund to Hinni Hitzkopp, „dat is 'n verdeubelt klooke Deern all - so een' kannst du langen söken! Is just eers no School komen un räkent all bäter as'n Koopmann. Hät se aalns von mi!"
Dor kummt Lütt Antrin an un Vadder mokt de Probe up't Exempel: „Mien Deern, woveel is säben un veer?" „Darteihn!" - Dor luchten Lür sien Oogen, he smeet sik in de Boss un sä to Hinni: „Wat hebb ik di seggt? Dat sleit se d' man so rut! . . ."

De Mettschen

De Schoolmester wull sien Klass mol vör Oogen holen, woans de Alkohol dat Leben to Schannen mokt.
He harr twee Mettschen utgroben, de beid noch lebennig weern un sik fein smiedig ümanner küseln dän, as harrn se sik bannig leev. Nu neehm de Schoolmester een Glas mit reinet Woter un een anner mit reinen Alkohol, un in jedeen Glas sett he denn eenen von de Wormers. As middags de Kinner ut de School gohn wullen, dor harr sik de Mettschen in den Alkohol elendig versopen, de anner ober spaddel quietschvergnöögt in 't Woter.
„Was können wir nun daraus lernen?“ fröög de Schoolmester, un Lütt Antrin wuß een Antwoort, dormit harr he gornich rekent: „Wat wi dorut lehrn könt?“ meen Antrin man plietsch, „dat is doch ganz eenfach: Wer jümmer duchtig suppt, de krigg ok keene Wormers . . .“

„Kiek nich in't Muuslock –
kiek in de Sünn!"

(Dirk Donnerslag sien Wahlspruch)

Von Sünn un Regen

Man goot, dat wi Minschen
dat Wedder nich moken könt:
dat geef bloß Moord un Dootslag

Us Herrgott kann' nich jümmer troon,
sä Hinni Hitzkopp,
dor föhr he an' Sonndag dat Heu rin

De Sünn hett noch keen' Buurn von' Hoff schient

Een Sommerregen brukt dat Land,
een Regensommer is 'n Schand

De Regen is nich mit Geld to betohlen

Wenn 't gewittern deit,
denn meent Dirk Donnerslag:
Petrus dor boben, de fangt an to bullern;
nu gütt he de Katüffeln af;
un denn slarrt he mit sien Holschen öwer'n Böhn

DE BREMER KAFFEEPOTT:

Urlaub up Juist

„Heut' morgen will ich den Dirk anrufen. Mal seh'n, ob der wohl aus dem Urlaub zurück ist."

(Telephon pingelt)

„Dirk Donnerslag, Moin-Moin!"

„Moin Dirk, da bist du ja endlich. Wir wollten dich schon als vermißt melden. Wo hast du denn so lange gesteckt?"

„Tja -

‚Froh schlägt das Herz im Reisekittel,
vorausgesetzt, man hat die Mittel',

segg Willem Busch.
Bevor dat nu bi de Katüffeln geiht un bi de Röben, mutt ik mi jo ok mol 'n bäten verpuussen, nich?"

„Klar, Dirk. Gönnt dir auch jeder."

„Ssüh - Karl-Heinz - de meisten Lüd tutt dat jo nu in de Warmste, un denn fleegt se för veel Pinke-Pinke hen no Gran Canarienvogel un wat weet ik - un dor loot se sik de pralle Sünn up 'n Buuk schienen.
Nä - dat is nix för mi - in de Hitz, dor happachst jo as 'n ol'n Jagdhund, de den Hosen nich kregen hett.

Is ok gornich gesund. Morgens kumst dor ut ’n Hotel rut un de Sweet löppt di all in’ Nacken. Sweeten mutt ik jo all bi ’n Messföhrn - will ik doch nich in’ Urlaub ok noch! Dor sweet ik bloß unner de Tung. Un dorum föhr ik denn jo lewer ’an die Nordseeküste, an’ plattdeutschen Strand‘. No Juist hen, jedeen Johr, jowoll. Dor kannst di verholen, segg ik di! Dor föhrt die keen Auto twei; dor mokt di keen Larm rammdösig in’ Kopp; un dor brukst du ok nich eerst so ’n Fremdsprook as ‚Hochdütsch‘ to leern: de Ostfreesen snackt platt mit mi - is aalns in’ Ssörwiss mit binnen!

In Gran Canaria in ’ne Pangschoon, dor kiekt se di doch dösig an, wenn du seggst: ik much mol ’n Pankoken hebben. Up Juist kriggst dat aalns to! Un de Luft, segg ik di, no dree Doog ramenterst du öwern Strand, as so ’n jungen Hund, de sik nich teern kann. Un wo sütt dat moi ut, wenn obends denn de Sünn so in’ Woter blinkern deit - un denn dor rinplumst as so ’n gleunig Riesenrad.

Un denn den stiewen noordwesten Stoorm un den stiewen noordwesten Grog dorto un aal soone Naturgewalten! De Wind, de neiht di üm de Ohrn un weiht aal de Slechtigkeit ut ’n Minschen rut; glööw dat man. Dorum segg jo ok mien Dortschen jümmer: Föhr bloß anne See, dat aal dien Slechtigkeit von ’t ganze Johr dor rutkummt; dat word mol woller Tiet! Un wenn Dirk Donnerslag denn up ’n Schipp woller no Hus törnt, denn so seggt de Juister: Ssüh - nu is de Säsong vörbi!“

„Dirk - und nun frag ich mich jedes Jahr: Was machen eigentlich die Insulaner, wenn die Saison zuende ist? Da haben die doch nichts mehr zu tun!"

„Nä nä nä - dor geiht för dee de Arbeit jo eerst richtig los! De Gerhard Meyer von dat ‚Haus Birgit', wo ik jümmer henföhrn do, de hett mi dat mol verklookfidelt, un dat is 'n ganz fiegelienschen Ostfreesen.
Eerst möt se in' Harvst mol dat Geld tähl'n, dat aal de Kurgäst dorloten hebbt - Hümpel för Hümpel - un dat is all bannig veel Arbeit, wo se dat Sweten bi kriegt. Un denn kummt de Ssörwiss för de tokum Säsong: Dor mööt bi de Fohrrinns von de Dampers nee lüttje Bööm plant weern, de ut 'n Woter rokt. Dat is 'n Ssörwiss för de Seehunn!
Un denn weert de scheunsten Muscheln von' Strand insammelt, afwuschen, putzt un up 'n Rathaus upbewohrt bit tokum Johr. Un aal de Möwen weert infungen, dat Oel jem von de Pootschen kleit; se weert woller witt anstreken un kriegt 'n roden Placken an' Snobel. Wat meenst du woll, worum de jedet Johr woller so smuck utsehn doot?
Un wenn dat aalns klor is, denn föhrt ok de Insuloner in Urlaub, no Tirol un Titisee, jowoll!"

„Sag mal, Dirk: hast du denn nicht wenigstens einen neuen Ostfriesenwitz mitgebracht?"

„För Witze bün ik nich to hebben - Donnerslag! Dat weeßt du doch!

Ober grienen mutt ik doch, wenn ik dor an denk, wat de Bundesbohn för 'n Ssörwiss inricht hett för de Ostfreesen, dat de no ehr'n Urlaub ok woller no Hus finnen doot. De komt denn jo von Titisee un Tirol aal no Frankfurt - dor geiht de Zug aff no Norddeich. Un denn bolkt dor de Bohnhoffsvörsteher dört Mikrophon:

‚Anschlußzüge - nach Köln: Zehn Uhr vierunfuffßig; nach Hamburg: Ölf Uhr dreizehn; nach Norddeich: wenn der große Zeiger auf sechs steht un der kleine Zeiger zwischen ölf un zwölf!'

Ssüh - un up disse Oart komt ok de Ostfreesen goot woller bit achtern Diek! - Moin-Moin!"

Dirk Donnerslag sien Werbesprüch

In all de Dörper bi Düwelsdorp umto, dor weet de Lüd: Dirk Donnerslag kann goot to Woort. Un ok dat Schriewen geiht em gau von de Hand. So is dat keen Wunner, dat dor de Vereine bi em ankomt un denn bärt: „Dirk, du gleunige Hund, du hest jo jümmer so fiegeliensche Infälle. Mok us doch mol 'n Werbespruch för usen Verein!“
Un dat hett Dirk ok doon:

Gesangverein „Sing man to!“ Quakenbüttel:
„Auch wenn Sie garnicht singen können: Kommen Sie zu uns! Wir sind ein gemischter Chor: die eine *Hälfte kann singen, die* andere *Hälfte nicht.“*

Freiwillige Feuerwehr Lichterloh:
„Wenn es bei Ihnen mal brennt: Postkarte genügt - Wir kommen sofort!“

Schützengilde Zwetschenbüren:
„Willkommen bei uns! Lernen Sie schießen und treffen Sie neue Freunde!“

DE BREMER KAFFEEPOTT:

Wetterpropheten

(Telephon pingelt)

„Dirk Donnerslag, Moin-Moin!"

„Moin Dirk. Es ist heute ja wieder mal ein richtig schöner Herbstmorgen, was? Herrlich, diese vom Laub so würzige Luft."

„Un hier bi mi kummt denn noch de herrlich würzige Luft von mien' dampenden Messfohl dorto, nich?"

„Das gibt ja erst das volle Aroma! Dirk, aber nun möcht' ich von dir mal was über's Wetter wissen. Ihr Bauern habt da doch so eure Erfahrungen. Der letzte Sommer war ja nun nicht gerade das Gelbe vom Ei - und, wie meinst du, wird nun der Winter?"

„Tja - de Harvst is jo bestens, mutt ik reinut seggen; de Sommer weer jo nix anners as 'n gröön anstreken Winter. Öwer den Harvst, dor hett jo all de ole Willem Busch seggt:

Stets wird auch Ruhm erwerben
der Herbst, vorausgesetzt,
daß er mit vollen Körben
uns Aug' und Mund ergötzt.

Süh - un dat deit he nu jo. Ober wo de Winter word?
Kiek mol, Karl-Heinz, dat gifft jo kloke Minschen, dat gifft unkloke Minschen, un denn gifft dat noch unklok kloke Minschen, dat sünd jo vandoge de Wetterpropheten in' Radio un Fernsehen. De Wetterbericht, de stimmt jo jümmer - wat nich stimmen deit, dat is denn jo meist dat Datum.
Hest du dat läsen? Dor sünd hunnert sone Wetterpropheten ut soßtig Lännern to een Kongreß in Hamborg tohoop komen. Ik heff mi wunnert, wo bannig veel Froonslüd dorbi sünd - un all heet se ‚Meta' mit Vörnom . . ."

„Dirk, das ist mir neu - die heißen alle ‚Meta . . .?'

„Gewiß doch - Meta Orologe, Meta Morphose un wat dat sonst noch so för Metas gifft. Ssüh - alle disse Metaorologen, de hebbt jo all acht dusend Wetterstatschonen upp Land un Dusend noch up See un bi de Fleegers - un denn ok noch Wettersatelliten. Ober wo flink de Wind us Wischen dol jachtert, dat könt de ok nich mäten. Dat reckt aalns noch nich, un de Metaorologen snackt jümmer noch veel Tühnkram. De schull'n man mol us Buurn frogen; wi weet bäter Bescheed, glöw man!"

„Genau deswegen hab ich dich ja auch angerufen, Dirk. Woran kannst du denn nun erkennen, ob es einen harten oder einen milden Winter gibt?"

„Tja - dat entscheid sik so Ende Oktober/Anfang Novemmer, mußt du weten. De Planten un de Tiern hebbt jo mehr Ahnung von 't Weer as aal de Krimskrams von Wettersatelliten tosomen. Kiek mol, wenn dat veel Eckeln un Nööt gifft - un dat is dit Johr so - denn word dat 'n harten Winter. Un wenn de Winneworp - dat is de ‚Maulwurf' - siene gräsigen Hümpels bannig hoch smitt un de Kattеker - dat ‚Eichhörnchen' - rumramentert un för dull för sien Spieskomer sammelt, denn word de Winter ok grantig. Un denn - wenn de willen Göös vör Bußdag all no Süden treckt, dor kannst up aff, denn word dat bald koolt; denn legg di de Fuusthanschen man all trecht!
Der Jäger, de seggt:

Wenn rauh des Hasen Fell,
ist Kälte bald zur Stell.

Veel Nebel in' Oktober, dat meent veel Snee in' Winter. Pass man up aalns, wat ik di hier vertellt heff, denn so weeßt du in' poor Weken Bescheed. Ober de ganz ganz kloken Lüd, de weet dat vandog all, dat dat in' Winter koolt word . . ."

„Und wo sitzen diese superschlauen Leute, Dirk?"

„De sitt doch in' Bremer Senat! Schust du dat för möglich holen? De Senat hett dat jo just rutklamüstert: De Winter word koolt - un nu will he för dreehunnertdusend Mark Energiekosten spoorn - un dorum schickt he nu de meisten Stootsangestell-

ten un Beamten twüschen Wiehnachten und Neejohr eenfach no Hus hen. De Amtsstuben blieft koolt und de Beamten könt nu in' Huus slopen oder in een' Tuur Grog drinken, bit jem dat brägenklöterig geiht.
Ober ik heff för den Senat noch 'n bätern Vörslag, dor kunn he denn noch teihnmol mehr Energiekosten spoorn."

„Und wie das?"

„Ganz eenfach - loot doch de Beamten nich twüschen Wiehnachten un Neejohr no Hus, nee - annersrüm: twüschen Neejohr un Wiehnachten! Moin-Moin!"

Een oolen Hochtietsspruch oder: „10 Gebote für die Ehe“

Ihr sollt stets ❶ sein,
ihr sollt euch nicht ent❷en,
ihr sollt euch ❸ bleiben,
ihr sollt euch immer gut ❹en,
ihr sollt auch mal ❺e gerade sein lassen,
ihr sollt eure ❻er zusammenhalten
und eure ❼sachen
in ❽nehmen,
ihr sollt nicht „❾“ zueinander sagen
und euch nie im Leben die ❿e zeigen!

Von Froonslüd un Mannslüd

Lewer Hahn in' Koorf,
segg Dirk Donnerslag,
as Hähn in' Pott

Lewer Koh un Kalf verleern
as 'n goode Deern vertöörn

Freen mokt Arbeit un Meuh,
ober 't gifft Linnen un Keuh

Froonslüd mokt ut Pennigen Markstücks,
Mannslüd mokt ut Markstücks Pennige

Een ool'n Kädel will ok putzt weern,
sä de ool Froo,
dor nehm se 'n jungen Keerl

Wenn wi datsülwe seggt,
meent Lür Lachmund,
denn heff ik recht, anners hett mien Froo recht

Wenn Froonslüd sik droopt:
de möt sik bekieken;
wenn Hunnen sik droopt:
de möt sik berüken

'n goot Fröhstück is dat beste för 'n ganzen Dag,
goote Oarnt is dat beste för 't ganze Johr,
un 'n goote Froo is dat beste för 't ganze Leben

D i - ä t is ok man plattdütsch,
segg Dirk Donnerslag,
dor bekeek he sik sien' Dortschen:
di - ät to veel!

Ik heff ok mol 'n Fastenkur mokt,
sä Dirk sien Dortschen,
un dat weer de slimmste Nomiddag in mien' Leben

Ik seh dat all komen,
segg Dortschen to Dirk Donnerslag,
du worst noch mol ganz klook -
man half klook büst du nu jo all

DE BREMER KAFFEEPOTT:

Verrückte Tieden

(Telephon pingelt)

„Dirk Donnerslag, Moin-Moin!“

„Moin, moin, Dirk. Du, eben is de Bremer Freemarkt nu vörbi - denn denkst du, Wiehnachten steiht all vör de Döör, nich?“

„Dat kannst woll seggen, Gert; so is dat. Ik bün disse Doog mol dör de Geschäfte stäbelt: wenn du dor nich uppassen deist, denn so storrst du all öwer de Wiehnachtsbööm - schust nicht för möglich holen.“

„Tja - is mi ok all upfullen.“

„Un de ganzen Utlogen sünd all stief vull mit Wiehnachtsmännern ut Marzipan un ut Nugat un ut Koken und Schokolood un wat weet ik. - Mannigmol dach ik: villicht hebbt wi jo Midde Dezember un du hest dat up’n Dörp bloß verslopen un de Tiet nicht mitkregen. Dor hebb ik nu extro noch mol nokeken in’ Kalenner - nix dorvon - wi hebbt jo noch nich mol Mitte Novemmer, un bit Heiligobend noch soß Weken Tiet. Donnerslag! De Minschen sünd jo as unklok. De mokt nu all den ganzen Spektokel, un denn bit Wiehnachten hen - un wenn denn Wiehnachten is - denn magst jo von Wiehnachten bald nix mehr hör’n un seen.

Ssüh - mutt ik di vertelln - hebb ik letzt Johr sülvst belevt. Twee Doog no Neejohr hett mien Noberssche, Hinni Hitzkopp sien Hermine, jo jümmer Geburtsdag - un ik weet jo - de mag jo dree Mol den Dag wat Sööts sluken - Schokolood un Marzipan un aal soone ‚Diätkost‘ - dor sütt se ok no ut - twee Zentner Lebendgewicht. Un ik denk mi: Hermine deist 'n Gefalln un schenkst ehr'n Hümpel Marzipan. Ik kom in't Geschäft, 'n Dag no Neejohr. ‚Herr Donnerschlag, wir haben hier noch so'n tschönen großen Weihnachtsmann aus Marzipan ham wir hier noch.‘ ‚Oh‘, segg ik, ‚Wiehnachten is doch all lang vörbi - dor kann ik doch keen Wiehnachtsmann mehr schenken.‘ Sä de Verköpersche: ‚Warum nich? Weihnachtsmänner verkaufen wir von Oktober bis Januar verkaufen wir die. Aber wenn Sie's partu man nich wollen: Morgen kriegen wir die ersten Osterhasen aus Marzipan rein, wir sünd dja ümmer unserer Zeit voraus sünd wir dja.‘ ‚Näh‘, sä ik, ‚Osterhasen will ik nich hebben - denn töw ik leber bit ji Maikäfer ut Marzipan hebben doot.‘ ‚Tscha‘, sä de Verköpersche son bäten benaut, ‚da müssen Sie man noch vierzehn Tage warten - Maikäfers kriegen wir leider erst Mitte Djanuar rein . . .‘
Nu segg mol sulbens, Gert, is disse Welt nich verrückt?"

„Dor magst du woll recht hebben, Dirk."

„Dat segg man, Moin-Moin!"

„Moin-Moin!"

Dirk Donnerslag lehrt plattdütsch

„Sagen Sie mal, Herr Donnerschlag, wie heißt denn Staubsauger auf Platt?“

„Dat is ganz eenfach: Huulbessen.“

„Sagen Sie mal, Herr Donnerschlag, wie heißt denn Bahnwärter auf Platt?“

„Dat is ganz eenfach: Isenbohnbalkenupundoldreiher.“

„Und was sagen Sie zum Bauchredner?“

„Dat is ok ganz eenfach: Panzenklöner.“

„Herr Donnerschlag, wie nennt man denn die Schwiegermutter?“

„Dat is dat eenfachste von aalen: So n' Schwiegermutter gifft dat too, un dorüm heet se Mitgift.“

„Und was sagen die Plattdeutschen zum Wegweiser?“

„Dor seggt wi gornix to – dor goht wie so an vörbi!“

Dirk Donnerslag verklort us Fremdwöör

Du frogst, wat dat sünd - MILLJARDÄRE?

De Düwel schitt jümmer up 'n Hümpel - Milljardäre, dat sünd Lüd, de ok mol ganz lüttjet anfungen sünd, as Milljonäre, un nu hebbt se 'n Barg Geld hoch as de Maunt Everest.

Du frogst, wat dat sünd - HYPOCHONDER?

Dat sünd Minschen, de sik nich wollföhlen doot, wenn se sik wollföhlen doot.

Du frogst, wat dat sünd - SNOBS?

Dat sünd stinkvörnehme un hochnäsige Minschen - de kriegt ehr Petersilje öwer Fleurop.

Du frogst, wat dat sünd - EXPERTEN?

Dat sünd unklok kloke Minschen - de weet jümmer mehr öwer jümmer weniger, bit se an Enn denn aalns öwer gornix weet.

Du frogst, wat dat is - TEAMWORK?

Dat is jo woll 'ne englische Krankheit; de Chef, de seggt denn: „Nu wüllt wie alle liekers arbeiten: ik TEAM, und aal ji annern WORKED."

Du frogst, wat dat bedürt - DISKUSSION?

Up dütsch dor heet dat MEINUNGS-AUSTAUSCH. Dat geiht ganz eenfach: Du kummst mit dien Meenung no mi, un geihst denn mit mien Meenung woller weg.

DE BREMER KAFFEEPOTT:

Dezemberdag

(Telephon pingelt)

„Dirk Donnerslag, Moin-Moin!“

„Moin Dirk; für einen Montagmorgen machst du ja ’n ausgeschlafenen Eindruck.“

„Nä-nä-nä! Dat schient man so!
‚Wenn’t bloß erst Obend weer un de Minsch to’r Rauh keem‘, sä de Buur, dor seet he morgens uppe Bettkant un treck sik de Strümp öwer!
So geiht mi dat ok. Disse griesen Dog vör Wiehnachten - dor worst jo melanchlöterig von, nich? Geiht di dat ok so?“

„Dirk, aber 100%ig! Mir ist Frost mit Sonnenschein auch lieber als dieses Dreckwetter; da kann man doch keinen Hund vor die Tür jagen. - Aber sag mal, du hast doch immer für alles einen Spruch von Wilhelm Busch auf Lager. Gibt’s denn da auch einen über den Dezember?“

„Donnerslag - dor bringst mi ober in Verlegenheit. Mutt ik in mien’ Brägen mol rumklomüstern . . . tja, doch, dat gifft dor een; Willem Busch, de segg mol:

Dezemberwind macht die Nasen rot,
die es nicht schon sind.

Ssüh, dat stimm all vör hunnert Johrn. Ober dat gifft jo veele Möglichkeiten, wovon de Näs so gleunig rot weern kann. Eenmol is dat villicht de Dezemberwind; een annermol word de Näs rot ansmert, wenn du den Wiehnachtsmann spälen deist. Un denn, wenn du nu mannigmol Glühwien drinkst.
Weeßt du, Karl-Heinz, wo mannigeen Glühwien dit Johr schräben word? Nich G-L-Ü-H - nä: G-L-Ypsilon - ik will man höpen, dat du von disse Sorte keen to foten kregen hest. Ober ik heff vondog keen rode Näs, nä, mien is wittschen as 'n kalkte Wand. Un weeßt, worum?"

„Sag's mir."

„Mi is so brägenklöterig to Moot! Karl-Heinz - ik weet nich, wat ik mien Froo to Wiehnachten schenken schall. Hinni Hitzkopp schenkt jo sien Hermine jümmer'n Kasten Beer - he weet jo, se drinkt keen Beer. Ober wat schall ik bloß moken - mien Dortschen wull jo dat Beer sülbens drinken. Wat schall ik ehr bloß schenken?"

„Aber Dirk, das ist doch ganz einfach: Frag deine Frau doch, was sie gern haben will!"

„Nääă - so veel will ik ok nich utgäben . . ."

DE BREMER KAFFEEPOTT:

Wiehnachtsgedanken

(Telephon pingelt)

„Dirk Donnerslag, Moin-Moin!“

„Moin Dirk. Weeßt du, wat ji Buurn un wi von' Bremer Kaffeepott gemeen hebbt?“

„Dor kom ik nich up . . .“

„Wi aal hebbt ok an Wiehnachten keen Rauh un Rast.
Bi Radio Bremen sett wi all üm halbig seß morgens den Kaffeepott up – un ji Buurn möt ok to 'r rechten Tiet ut de Feddern, anners bolkt ju de Keuh ut 'n Bett. Ober segg mol, Dirk, hest du denn den Heiligobend un eersten Wiehnachtsdag goot achter di brocht?“

„Dat kannst woll seggen. Ik bün noch stuv satt von den Goosbroorn. Wiehnachtsobend is von Uropas Tieden an jümmer ‚Vullbuksobend' – un denn gifft dat 'n Goos. Un nich bloß een! De Goos is jo 'n afsunnerlichen Vogel: för *een* hungrigen Minschen is he riekelt un för *twee* reckt he nich. Dorüm mokt wi jümmer so 'n Kompromiß: för fief Mann hoch komt dree Göös up 'n Disch. Dor komt wie denn goot mit ut – un so 'n bäten blifft sogar noch öwer för de Katt . . .“

„Ober du hest doch nich bloß jieperig so'n ganze Goos vertehrt - du büst doch Wiehnachten ok no Karken wäsen, as ik di kennen do?"

„Gert - dat hebb ik versocht, no Karken to komen. Man de Karken is mi to radikal, mußt du weeten . . ."

„Woso radikal?"

„Heiligobend is de Karken jümmer radikal vull. Du kummst dor gornich mehr rin!
Un anners is se jeden Sonndagmorgen radikal leddig - denn mutt 'n dor meist alleen in sitten.
Ober würklich - glööw mi dat - Wiehnachtsobend um seß schull dat losgohn in us Gottshus. Viddel no fief all weer ik dor - un all aalns proppevull. De Lüd pedden sik all up de Fööt un von' Dannenboom weer nix mehr to sehn. De Minschen sünd jo reinut wunnerlich: Heiligobend, denn wüllt se aalns noholen, wat se dat ganze Johr öwer vergäten hebbt. Un ik froog mi jo ok: ‚Liebe deinen Nächsten' - worüm gellt dat denn bloß in de Tiet, wenn de Wiehnachtsboom vull Lichters is - denn dat is jo verdeubelt: Dag no Wiehnachten, dor kummt de ole Adam in us all woller no boben, denn smiet de Minschen dor irgendwo Bomben, denn slot se sik irgendwo doot un leegt un bedreegt un hebbt sik bannig in de Plünnen. Dat beste weer woll, dat ganze Johr weer Wiehnachten. Ober an de Minschen, dor hett 'n jo woll von Anfang an nich so recht Schick an krägen.

Segg jo all de Willem Busch, nich?

Denn der Mensch als Kreatur
hat von Rücksicht keine Spur.

Kiek mol, un mit dat Schenken to Wiehnachten is dat ok so 'ne Sook.
Dortschen, wat mien Froo ist - is jo 'n beste Deern sonst, weet ik woll - ober schenken deit se mi jedeen Johr jümmer dat, wat se sülvst geern hebben will.
Dit Johr, Gert, hebb ik von ehr 'n neen Teppich krägen. För de Stuuv. Hest' dat för möglich holen?
Ik froog ehr denn: ‚Wat schall ik mit 'n Teppich?'
Segg Dortschen doch glatt: ‚Dor kannst du jo ok röwerlopen oder kannst 'n di ankieken, nich?'
‚Du, Dortschen', segg ik, ‚ik weet man all, wat ik nu tokum Johr kriegen do: denn so schenkst du mi woll 'n neet Kleed, nich: ssüh, dat is jo *ok* för mi - dat kann ik mi denn goot ankieken un mi doröwer freu'n, wenn dat mien Dortschen goot steiht.'
Un weeßt du, Gert, de Geschäfte hebbt jo to Wiehnachten Geschäfte mokt - nich bloß mit Dortschen ehr'n Teppich. In de Kassen güng dat man jümmer ‚Kling Glöckchen, Klingelingeling'.
Un weeßt du, wat mit aal de Schokoladenwiehnachtsmänner posseert, de in de Geschäfte öwerbläben sünd?
De weerd aal weeder trüch schickt in de Fabriken; de weerd nu ‚umschmolzen', dor weerd Osterhosen ut mokt, un de könt wi denn all Midde Januor

wedder köpen. Tja, de Welt is as luter Lametta. Ober nu mutt ik hen un de Kalwer böörn - de möt jo ok an' Wiehnachten ehr Recht hebben. Moin-Moin!“

WAT HEINZ LEMMERMANN BELEVDE

Wiehnachtsgeschenke

In oole Tieden, dor geef dat to Wiehnachten nich so veel Geschenke as vandog. Wenn de Kinner 'n Poor Fuusthanschen un Appeln un Nööt ünnern Dannenboom finnen dän, denn weern se all goot tofreer. Un ok de Ollern schenken sik man een – twee lütje Deeler – un freu'n sik just so bannig, as wenn se vandoge 'n neen Fernseher kriegt.

In de Kriegstiet un dorno, dor harrn aal de Lüd ehr Last, wat to finnen, dat se to Wiehnachten verschenken kunnen. Mien Vadder kreeg an' Heiligobend mol teihn Aschenbeker un bloß een Zigarr! He smök so geern un sä: „Wenn't doch bloß annersrüm komen weer – teihn Zigarr'n un een'n Aschenbeker!"

Mol keem an' eersten Wiehnachtsdag mien Tante Meta us besöken, un dor fröög mien Mudder ehr: „Na Meta, wat hest du dien' Dirk denn to Wiehnachten schunken?" „Och", anter Meta so'n bäten benaut, „Sophie – du weeßt' jo: dat gifft nich recht wat! Mien' Dirk hebb ik so'n half Dutz scheune Havannas schunken; hebb ik lang up spoart, gnäterswarte Zigarr'n mit so'n Bukbinnen ümto. Dor hett he jo eerst mol soß Weken an to smöken." – „Un wieter gornix?" wull mien Mudder nu wäten. „Tja", sä Meta, „un denn hett he noch so twee Poor laange witte Ünnerbüxen kregen – wenn' de

so scheun öwer'n Wiehnachtsdisch trecken deit, denn geeft de jo ornlich wat her, nich? Ober, Sophie, ik will di dat man verroorn: disse Ünnerbüxen - de kriggt mien Dirk nu all dat veerte Johr! 'n Dag no Wiehnachten nehm ik se woller von' Disch runner un stopp se heemlich in de Kommod - he markt dat jo gornich - un annern Wiehnachten kriggt he se eerst wedder to sehn - un freut sik as'n Tüt!"
Den tweeten Wiehnachtsdag keem Unkel Dirk us besöken, un dor fröög em mien Vadder: „Na Dirk, wat hest du denn to Wiehnachten kregen?" „Och", anter Dirk, „mien Meta hett mi so'n half Dutz scheune Havannas schunken, hett se lang up spoart; gnäterswarte Zigarr'n mit so'n Bukbinnen ümto. Hebb ik ober all aal upsmökt." - „Un wieter gornix?" wull Vadder nu wäten. „Tja", sä Dirk, „un denn hebb ik noch so twee Poor laange witte Ünnerbüxen kregen - wenn' de so scheun öwer'n Wiehnachtsdisch trecken deit, denn geeft de jo ornlich wat her, nich? Ober, Albert, ik will di dat man verroorn: disse Ünnerbüxen - de krieg ik nu all dat veerte Johr! 'n Dag no Wiehnachten nümmt mien Meta se woller von' Disch runner un stoppt se heemlich in de Kommood - se meent, ik mark dat nich; man ik mark dat denn doch, ober ik loot ehr dat nich marken, dat ik dat markt heff - un annern Wiehnachten, denn krieg ik de Ünnerbüxen eerst wedder to sehn - un freu mi as'n Tüt!"
Ssüh, wenn dat keen Leew is, denn weet ik nich, wat dat wään schall! Un wat mien Vadder weer, de

hett von disse Tiet an jümmer von Dirk sien' Ünnerbüxen vertellt, un dat dat goot weer för Froonslüd, wenn se nich jümmer aalns wies worrn . . .

„Reponsieren"

Wenn du so'n richtigen Klookschieter wäsen wullt un hochnäsig dorto: denn so mußt du düchtig Fremdwöör bruken, dat di keeneen verstohn kann. De Lüd loot dat Muul open stohn, wenn du seggen deist: „Ich offeriere ein Paraplü als Prophylaxe vor Kontamination durch liquiden Niederschlag!" Glöw mi dat: keeneen mag nofrogen, wo dat up dütsch heet - he will sik jo keen Blöße gäben. Wenn du nu bloß seggen deist: „Nimm meinen Regenschirm, damit du nicht naß wirst!" Dat is veel to eenfach - dat versteiht jo jedeen.
Ik heff mol'n Fründ harrt, Hannes hett de heeten, de vertell mi, dat he mit een eenzig „Fremdwoort" dör ganz Dütschland keem - un dat kunn 'se aal verstohn. Dat Woort heet: „Reponsieren" - un dat gifft gornich, dat hett mien Fründ sik utdacht. Man dat klingt so bannig klook: „Re-pon-sie-ren!" Un jümmer, wenn he dat Woort in' Mund nehm, denn dä he dor wat ümto: meist bloß so'n Handbewegung - un aal wussen Bescheed, wat he meenen dä. Mol seet Hannes bi'n Putzbüdel un harr sik de Hoor snieden loten. He wies up sien Schuller un sä: „Würden Sie ein bischen reponsieren?" „Aber sicher doch", sä de Putzbüdel, nehm de Buss un

fääg em de Hoor von sien Jack. No'n Middageten in' Restaurant sä he to'n Ober: „Ich möchte jetzt gern reponsieren." - „Ich mach' Ihnen die Rechnung sofort fertig", anter de Ober.
Annermol stünd Hannes von' Disch up un fluster no'n Ober hen: „Sagen Sie mal - wo kann man denn hier mal reponsieren . . .?" - „Gehn Sie rechts den Gang hinunter - dritte Tür links."
Mit disse „Zauberformel" von dat „reponsieren" kreeg Hannes aalns wies, wat he wäten wull, kreeg aalns mokt, wat dor mokt weern schull.
Un ik, ik dacht mi eens Dogs: Wat Hannes kann, dat kannst du ok.
Mol keemen dree Studenten no mi her un wull'n dat besnacken, wat se för ehr Prüfung lehrn schull'n. As wi aalns klor kregen harrn, sä'n se „Tschüs" un güngen den Gang hindol. Dor röp ik achter jem her: „Und denken Sie daran: am Tage vor der Prüfung noch mal alles reponsieren!" De dree dreihn sik üm un nickoppden: „Wird gemacht, Herr Lemmermann!"

Dat is aalns relativ

Du föhlst di foken jünger as du büst - man dat is aalns relativ. Ik heff dat markt, as vör Johren mol mien Jung no de Sommerfierjen ut de School keem un ik em frogen dä: „Hebbt ji nu 'n neen Schoolmester kregen oder hebbt ji den oolen beholen?" „Nee", anter us Claas, „wi hebbt so'n neen Typen

kregen . . .“ As Jungs vandog so snacken doot. Ik froog denn wieter: „Is dat ’n ollern oder ’n jungen?“ „De is all temlich hen – .“ „So in mien’ Oller?“ wull ik wäten. „Nee nee – so oolt nu ok wedder nich . . .“, meen Claas un grien.
Un dorbi weer ik eben föftig. Ober ik heff dat jo all seggt: is aalns relativ . . .

Dirk Donnerslag un de neemoodsch Musik

Wenn du an so 'n Disco vörbikumst,
denn weeßt du eers,
worum dien Trummelfell Trummelfell heet

Popmusiksängers sünd Lüd -
wenn de Strom utfallt,
sünd se keen' Sängers mehr

Dit Jachtern un Schreen,
die Jaul'n un Speen -
dor kannst jo meist meenen,
aal Minschen hebbt sik
von morgens bit obends inne Plünn'

Nä - dor hör ik mi denn lewer
de oltmoodsch Musik an,
as de von usen Posauenchoor.
De jachtert nich un jault nich,
de knätert man bloß, dat de Karkenwänd wackelt.
Dat de jümmer fortissimo blost,
dat hett sienen Grund:
Us Herrgott is bannig wiet weg -
un denn schall he jo ok
noch'n bäten sworhörig wäsen . . .

Dirk Donnerslag sien Philosophie

De vörher warnt,
dat is mien Fründ,
de noher warnt,
de hett mi 't günnt

De 't Unglück hebben schall,
fallt up 'n Rüch un brickt sik de Nääs

Glück un Noot,
de goht ehr'n Gang as Ebb' und Floot

Een Gramm Glück
is bäter as 'n Pund Verstand

De Vogels kennst du an' Gesang,
de Minschen kennst du an' Gang

Mannig Minsch is buten fien
un binnen' Swien

Sett den Poog uppen golden Stohl:
he hüppt doch wedder in den Pool

De den Hund tarrt,
mutt mit Bieten vörleev nähmen

'n Kalv mutt no sien eegen Natur danzen

Us Herrgott sien Segen
reckt nich wieter as de Mess reckt

Wenn wi ut 'n Rathus komt,
denn sünd wi klöker, as wenn wi ringoht

Een jungen Boom lett sik böögen,
een ooln nich mehr

Wenn de Sünn von' Häben fallt,
sitt wi aal in' Düstern

Dat beste Mittel, oolt to weern, is
nich so fröh doot to blieben

De Tiet vergeiht as Snee an de Sünn

Dör de Welt komt wie aal,
bloß nich aal liekers goot

Arm und riek,
de Dood mokt gliek

Dat letzte Hemd, wat de Minsch mitkriggt,
hett keen Taschen

To usen Herrgott hinkt de Lüd,
un to den Düwel loopt se

„Schätz nach der Länge
nicht das Entsprungne;
fest im Gedränge
steht das Gedrungne!“
(Wilhelm Busch)

Erklärung einiger plattdeutscher Wörter

Afkoot	– Advokat
afosig	– abartig, besonders
aftokelt	– abgetakelt
afsunnerlich	– absonderlich, sonderbar
alltiet	– allzeit, immer
antern	– antworten
Arvdeel	– Erbteil
Arvunkel, -tante	– Erbonkel, -tante
bären	– bitten, anflehen
bäten	– bischen
bäter	– besser
bannig	– sehr, außerordentlich
Beester	– Tiere, bes. Rinder
beleven	– erleben
benaut	– bedrückt, verlegen
besöken	– besuchen
bewern	– zittern, beben
Blee	– Blei
boben	– oben
böögen	– biegen
Böhn	– Dachboden
de Böversten	– die Obersten
bolken	– brüllen, laut rufen
Boss	– Brust
Brass	– Erregung, Wut, Wallung
brägenklöterig	– benommen (durch Kopfschmerz)
Bukbinnen	– Bauchbinde
Buss	– Bürste
Butzen	– Alkoven

Dannenboom	- Tannenbaum
danzen as 'n Tüt	- außer sich sein (tanzen, wie eine Tüte im Wind)
Deeler	- Teile
Dieklasten	- Deichlasten
docht nix	- taugt nichts
dörjuckeln	- schaukelnd hindurchfahren
dösig	- dumm
dolhangen	- herunterhängen
dolsluken	- hinunterschlucken
dootscheeten	- totschießen
drög	- trocken
Duben	- Tauben
Düwel	- Teufel
duurt	- dauert
eder	- eher, früher
Eierklock	- Eieruhr
enkelt	- einzeln
Feddern	- Federn
fiegeliensch	- verschmitzt, pfiffig
foken	- oft
foorn	- füttern
forns, fors	- sofort
Fuuljack	- Faulpelz, Nichtsnutz
Fuusthanschen	- Fausthandschuhe
Gäle	- Gelbe
gau	- rasch, schnell
gellt	- gilt
Geweeten	- Gewissen
gleunig	- glühend
Goarn	- Garten
Goosbroorn	- Gänsebraten
gräsig	- gräßlich, schrecklich
grantig	- scharf, rücksichtslos
günnt	- gegönnt
güstern	- gestern
Häben	- Himmel

ha(p)pachen	- keuchen, hecheln
Harvst	- Herbst
hindol	- hinunter
hitt	- heiß
Hochtietsgoof	- Hochzeitsgabe
höger	- höher
höpen	- hoffen
Holschen	- Holzschuh
Hülpen	- Gehilfe, Hilfe
Hümpel	- Haufen
indusseln	- einnicken, in leichten Schlaf fallen
Iachtern; jachtern	- Toben, Tollen; toben, tollen
ji	- ihr
jieperig	- gierig
jümmer (s)	- immer, ständig
Kädel	- Kessel
Kalf, Kalwer	- Kalb, Kälber
Keuh	- Kühe
kleien, kleit	- kratzen, gekratzt
knätern	- knattern, dröhnen
to Knast gohn	- (etwa:) zu Werke gehen
Koem	- Schnaps, Kümmel
Kreih	- Krähe
Kusenkehl(e)n	- Zahnschmerzen
lamenteern	- jammern
leddig	- leer
Leef	- Liebe
mag ik lieden	- mag ich leiden
liekers	- gleich, gleichwohl
Liev	- Leib
luchten	- leuchten
Maschbuur	- Marschbauer
Mess, Messfork	- Mist, Mistforke
Mettschen	- Regenwurm
Meuh	- Mühe
moi	- hübsch, schmuck, schön
neemoodsch	- neumodisch

neiht di üm de Ohrn	– fegt dir um die Ohren
nickoppen	– nicken
Nober	– Nachbar
nochtern	– nüchtern
Nööt	– Nüsse
noher	– nachher
Noorn	– Norden
Oarnt	– Ernte
oltmoodsch	– altmodisch
Ooken	– Dachsparren, -winkel
pietzen	– mit kleinen Schritten (aufgeregt) laufen
plietsch	– pfiffig klug, schelmisch
Ploog	– Pflug
Plünnen	– Klamotten, abgetragene Kleidung
Poog	– Frosch
Pool	– Teich
Pootschen	– Füße (bei Tieren)
proppevull	– überfüllt
Putzbüdel	– Friseur („Putzbeutel“)
ramentern	– tollen, toben, lärmen
rammdösig	– benommen, leicht verrückt
Rauh	– Ruhe
reckt nich	– reicht nicht
riekelt	– reichlich
Röben	– Rüben
roken	– richten, hinziehen
Rotten	– Ratten
Rüch	– Rücken
Rumbolken	– das Herumbrüllen, -schreien
rumtühnen	– herumfaseln
rutklamüstert	– ausgeheckt
schafutern	– schimpfen, zanken, laut reden
schannewert	– schändlich
Schapp	– Schrank, Spind
scheewe	– schiefe
scheun	– schön

to schick komen	- zurechtkommen
Schöddel	- Schüssel
sik schuddern	- sich schaudern, beben
schüllt ji	- sollt ihr
schürt	- scheuert
Schuller	- Schulter
Schuppen	- Schaufel
sleit	- schlägt
smackmunden	- zuschmecken, mit der Zunge schnalzen
smöken	- rauchen
snäärn	- geschnitten
snieden	- schneiden
Snieder	- Schneider
Speen	- das Spucken
Spegel	- Spiegel
spoart	- gespart
Stäbel (Stäwel)	- Stiefel
storren	- stürzen
strokeln	- streicheln
Stuuv	- Stube
stuv satt	- übersättigt
suutje	- sanft, allmählich, nach und nach
Sweten	- das Schwitzen
Tähn(en)	- Zähne
tarren	- necken, reizen
sik teern könen	- sich benehmen können
temlich	- ziemlich
Tiet, Tieden	- Zeit, Zeiten
tietslebens	- zeitlebens
töwen, töven	- warten
tohoop	- zusammen, zuhauf
Tohn	- Zehe
tokum	- nächste, -s, -r
trecken	- ziehen
troon	- trauen
Tungenkniepers	- Zungenbrecher

tweifrorn	- verfroren, kaputtgefroren
upsmökt	- aufgeraucht
utbroken	- ausgebrochen
utpedden	- austreten
utsneern	- ausgeschnitten
vandog(e)	- heute, „vom Tage“
Veehdokter	- Tierarzt
verdwass	- verquer
verklookfideln	- erläutern, belehren
verkloren	- erklären
Verköpersche	- Verkäuferin
vernarrnt kriegen	- zum Narren halten
vertellen	- erzählen
vertürnt	- erzürnt
Vörjohr	- Frühling, „Vorjahr“
vörkiemt	- vorgekeimt
vörleev	- fürlieb
vormorgen	- heut morgen
Vullbuksobend	- „Vollbauchsabend“ (in vielen Bauernhäusern gab es früher nur an besonderen Festtagen „satt“ Fleisch, z. B. am Weihnachtsabend)
Wedder, Weer	- Wetter
weten; se weet	- wissen; sie wissen
Wersertunnel	- Wesertunnel
worst du nich wies	- wirst du nicht gewahr
Wischen	- Wiesen
wit(t)schen	- blaß weiß
woanners	- anderswo
woans	- wie, auf welche Weise
wat se wööt	- was sie wollen
Worm	- Wurm

Bitte, beachten Sie auch die nächsten Seiten

DER AUTOR HEINZ LEMMERMANN
Geboren 1930 in Trupe bei Lilienthal; lebt dort mit seiner Familie im 150jährigen niedersächsischen Bauernhaus seiner Vorfahren. Doktor der Philosophie, Professor an der Universität Bremen

Auswahl seiner Schriften:

Belletristik:
Der lachende Tag (Kindergedichtsammlung), München 1969
Das Jahr hindurch (Kindergedichtsammlung), München 1969
Bookwetenpankoken, Bremen 1980
Wilhelm Busch für alle Fälle, Bremen 1981
Jan Torf, Bremen 1982
Lilienthal in alten und neuen Ansichten (mit H. Kämena), Osterholz-Scharmbeck 1985

Fachschriften:
Musikunterricht; Didaktik im Grundriß, Bad Heilbrunn 1984[3]
Kriegserziehung im Kaiserreich, 2 Bände, Lilienthal 1984
Lehrbuch der Rhetorik, München 1986 (Neubearbeitung)
Schule der Debatte, München 1986

Ferner viele Kompositionen, insbesondere Lieder und Chormusik
(Liederbücher „Die Zugabe", 3 Bände; „Der kleine Globus", „Der Purzelbaum"u. a.)

Von Heinz Lemmermann
erschienen außerdem in unserem Verlag:

Bookwetenpankoken

Döntjes ut 'n Düwelmoor un dor umto
Hunnert up 'n Hümpel, un Snäcke un Riemels
120 Seiten, Pappband

Jan Torf

Döntjes, Biller un Vertellen
112 Seiten, Pappband

Wilhelm Busch für alle Fälle

Weise Sprüche und Gedichte
128 Seiten, Pappband